SKYLINE

B.C. GERMAIN

Roman

Pour Arthur
Pour Zoé

Prologue

Il aura fallu trois explosions pour que je me réveille.

La première a anéanti ma réputation.

La deuxième a détruit tout ce que j'avais bâti.

Quant à la troisième, elle m'a amputé de mon enfance et laissé des remords à jamais.

Tout ce qui faisait que je croyais être moi a volé en éclat. Qui restait-il après ?

PARTIE 1

Les jours d'après

(2020)

Immeubles éventrés, vitres pulvérisées, portes déchiquetées, morceaux de verre jusqu'au fond des lits d'où ont été chassés les vivants. Un duvet gris donne aux arbres encore debout une allure fantomatique. Les couleurs de la ville ont disparu. Effacées, recouvertes d'une poussière de béton et de plâtre. Les traces de l'explosion du port il y a deux semaines sont omniprésentes. Un impact de cette ampleur ne s'efface pas en quelques jours. Vu l'état économique du pays, des années n'y suffiront pas. Symbole de ce chaos, le bâtiment de l'Électricité du Liban, en partie détruit, trône dans l'obscurité de la nuit tombée. La lune fait office de réverbère. Dans les quartiers du centre, au coucher du soleil, un silence étrange envahit les rues sombres telle une nappe de brouillard qui recouvre les âmes et les choses. Lorsqu'elle se retire le matin, la vie, les bruits reprennent doucement, puis montent crescendo avec ce soleil et cette moiteur étouffante d'août.

Pourtant, partout où c'est possible, un semblant de vie reprend, telle une pousse verte se frayant un chemin au travers des fissures de trottoirs bétonnés. Quelques commerces et quelques bars ont rouvert. Dans les rues les voitures klaxonnent, grillent les feux à nouveau, prennent des sens interdits, quelques motos slaloment à contre sens pour remonter le temps. Les odeurs de pollution, de pots d'échappement, de poubelles non ramassées ont commencé à recouvrir l'odeur de métal fondu et de produit chimique. Çà et là les étals de fruits et légumes redonnent des touches de vert, d'orange, de jaune à la ville. On entend la journée des chants de jeunes volontaires qui avec l'aide d'ONG se mobilisent pour déblayer les gravats, restaurer ce qui peut l'être, et reconstruire. Les autorités sont aux abonnés absents, les populations sinistrées n'en attendent depuis longtemps plus rien. Le nombre d'appartements hors d'état d'être habité est gigantesque. La tâche semble aussi immense qu'est têtu l'enthousiasme des volontaires.

Ombre furtive et anonyme, il erre depuis l'explosion et fait des détours pour éviter certaines adresses. Ses pas le portent dans des quartiers où il n'avait pas l'habitude d'aller. Les rues sont méconnaissables dans cet avant/après qui les a travesties en ruines. Un architecte n'y reconnaîtrait pas ses constructions. Il marche sans discontinuer. Une barbe hirsute recouvre ses joues, ses cheveux ébouriffés n'ont pas vu un peigne depuis longtemps. Ses habits sont d'une palette de couleurs de gris, impossible de déterminer les couleurs d'origine. Quelques coulées de tâches foncées sur son tee-shirt, peut-être de vieilles traces de sang ? Si ça n'était son pas décidé et son déplacement perpétuel, il passerait pour un SDF. Le doute subsiste malgré tout, même en mouvement. Son regard voit sans voir, il n'y a personne à l'intérieur. Quelques rigoles ont tracé sur ses joues des sillons où la poussière se fait moins épaisse. Il a peut-être cinquante ans, difficile d'évaluer son âge tant sa silhouette athlétique recouverte de vêtements informes et sales brouille les pistes. Il a un âge gris.

Elles sont une dizaine à avoir entrepris de déblayer une rue. Mètre après mètre elles réinstallent l'avant, mètre par mètre elles arrachent la rue au sinistre. Un antique transistor à piles diffuse de la musique, le temps semble s'être rembobiné de vingt ans. Dans cette ville où l'accès à l'électricité est moins fiable qu'un pronostic de bonne aventure, chacun déploie des trésors d'ingéniosité et d'imagination pour colorer le quotidien. Quelques-unes sifflotent en rythme, d'autres s'interpellent, l'une d'entre elles focalise l'attention du groupe, toutes rient à ses commentaires et à ses blagues, certains passants pouffent même d'un rire qu'ils s'empressent de contenir. Elles doivent avoir entre vingt et trente ans. Des bandanas bleus, et rouges retiennent leurs cheveux, deux d'entre elles sont voilées. Masquées et gantées elles s'activent, portent les pierres, balaient les débris de verre. L'une d'elles lance : « Vite, l'électricité est revenue, rechargez vos portables ! » Et toutes d'interrompre leur tâche et de se précipiter vers la rallonge où une dizaine de prises trouvent preneuses.

Le marcheur est passé pour la deuxième fois à côté d'elles. Il est presque transparent dans ce ton sur ton de gris. Les jeunes filles sont retournées à leur déblayage. Elles se sont rencontrées la plupart dans la rue lors de la manifestation de 2019 à laquelle elles se sont jointes spontanément, comme beaucoup de beyrouthins. La nouvelle taxe WhatsApp, ça avait été le coup de trop, le détonateur d'une situation inégalitaire explosive. Une amitié de combat, née de slogans scandés et de kilomètres parcourus les poings serrés. Elles avaient découvert le goût de l'action comme exutoire à l'impuissance. Elles avaient crié ensemble leur rage lors de cette révolte sans leader et leur besoin de changements radicaux, à commencer par le renouvellement de la classe politique corrompue et la fin du communautarisme. Elles s'accordent à dire que l'explosion n'a pas marqué le début de l'effondrement. Non, cela l'a juste intensifié. Un ultime catalyseur laissant présager deux issues : soit la fin, soit le courage de changements profonds. Elles veulent croire à la deuxième.

Nouveau passage du marcheur gris. Le quatrième. Tout à sa fixation, il ne s'en est pas rendu compte. Quatre fois ses pas ont parcouru ce trajet en boucle autour de quelques rues. Il arpente le même chemin, comme un disque rayé, un robot sans volonté, un automate en roue libre.

Au milieu du trottoir, un coup de balai l'atteint aux jambes. Il s'arrête net. Stoppé dans son élan.

- Pardon, murmure-t-il à la silhouette.
Il la contourne comme une bille de flipper rebondirait sur un obstacle, et dévie sa direction. Elle se retourne, ses yeux noisette sourient derrière son masque.
- Eh vous !
Il a déjà franchi quelques mètres.
- Oui vous ! C'était vous à l'hôpital l'Hôtel-Dieu de France le soir de l'explosion !

Tel un somnambule réveillé d'un coup de parole, il opère un lent demi-tour, place sa main en visière pour voir de quel être les mots ont été émis. Le halo de soleil de ce milieu d'après-midi est aveuglant. La jeune femme baisse son masque et lui tend une main qu'elle dégante et qu'il saisit machinalement.

- Antonella
- ... Sam, prononce-t-il après un instant d'hésitation.

*

- Antonella, viens reprendre ton portable, l'électricité est à nouveau coupée !
- J'arrive Taline, j'arrive.

Ils n'ont pas vu le temps passer, tout à leur discussion. Sam déplie ses jambes engourdies, appuyé depuis deux heures sur le capot d'une voiture dont le pare-brise est explosé par un bloc de ce qui semble avoir été un bout de balcon. À côté d'eux, un panneau à moitié décroché porte l'inscription *rue Roucheid El-Dahdah*. Du jardin adjacent, les effluves d'un gardénia blanc aux feuilles vert foncé les ont enveloppés d'un paravent de douceur vanillée. Les voitures qui klaxonnent, celles qui doublent en mordant le trottoir, les marchands de café ambulant qui alpaguent les passants, rien ne les a distraits, ils sont étanches au monde. Antonella lui a raconté sa longue quête vaine à travers tous les hôpitaux à la recherche de ses frères, Charbel et Adil. Les photos montrées à d'innombrables personnes. Pas moins de neuf hôpitaux visités, deux jours de recherche dans un chaos indescriptible, où elle a croisé tellement d'autres familles dans son cas, sans nouvelles. L'hôpital l'Hôtel-Dieu de France était le deuxième endroit où elle se rendait lorsqu'ils se sont parlé. Elle lui a décrit la peur qui s'est transformée en angoisse puis en panique au fur et à mesure que les heures ont passé. Et puis cette discussion avec le capitaine des pompiers qui a sonné la fin de l'espoir, lorsqu'au bout de trois jours ils ont retrouvé un bout de ferraille du camion : ils ne retrouveront jamais leurs corps, pas plus que celui des huit autres pompiers dépêchés pour éteindre l'incendie du port, trop proches de l'endroit de l'explosion pour quoique ce soit d'eux ait subsisté. Cette idée est intolérable pour elle, les corps de ses frères déchiquetés, carbonisés, éparpillés, disloqués. Comment aurait-il pu en être autrement vu l'état du camion de pompiers qui ressemble à une tragique *compression* de César ? Le soutien, la force, elle les tient notamment de Taline, sa belle-sœur, femme d'Adil. Elle la lui désigne d'un signe de tête. C'est la jeune femme qui raconte des histoires dont l'humour est tellement décapant que le soubresaut des épaules des balayeuses fait comme une drôle de chorégraphie. Antonella lui explique leur dilemme, pour organiser les enterrements. Selon le rite sunnite, le corps est placé à l'intérieur d'un linceul blanc, posé à même le sol sur le côté droit, face tournée vers la Mecque. Mais quand on n'a pas de corps ? Comment se recueillir et ne pas creuser la douleur devant deux tombes vides ? Elle est au-delà des pleurs, sa rage ne se calme pas. Les jointures des doigts blanches à force de crispation, d'une voix qui s'accélère et qui monte dans les aigus, elle raconte à Sam sa colère face aux autorités du port, aux politiques, à ceux dont elle pressent que les responsabilités ne seront jamais ni connues ni punies, et sa révolte face aux responsables du port qui ont sacrifié la vie de dix pompiers. Elle est certaine qu'ils connaissaient la dangerosité de l'entrepôt à côté duquel le feu s'est déclaré. Que croyaient-ils donc ? Que le petit convoi de pompier allait accomplir un miracle ? L'impuissance qu'elle étouffe la ferait s'effondrer. Sa colère ne lui rendra pas ses frères mais ça la tient debout. Cette énergie lui permet de trouver la force de se lever, de continuer à être utile, de compenser l'irresponsabilité et la corruption des autres, vaine tentative de modifier le cours de l'histoire. Elle dit en regardant Sam dans les yeux, avec de grands gestes de bras : si je ne m'y mets pas, qui le fera ? Faire lui donne l'autorisation de blâmer, alors elle pratique beaucoup les deux. Parler lui fait du bien, elle n'arrive plus à s'arrêter, c'est comme un geyser comprimé, que l'action ne suffit plus à contenir, et qui a besoin de s'épancher. Elle s'interrompt juste pour prendre une gorgée d'eau à intervalle régulier. Du haut de son mètre soixante, elle bouge, elle s'agite, elle est tout en mouvement, quand lui penche vers elle son mètre quatre-vingt-dix immobile. Dans cette fin d'après-midi moite, les deux silhouettes donnent l'impression d'être dans deux films visionnés en parallèle, l'un en accéléré, et l'autre sur pause. Pour une fois, il n'a pas envie de parler de lui. Son silence est une invitation à continuer. Pour la première fois de sa vie, il écoute, il écoute vraiment quelqu'un, sans chercher à intervenir ou ramener les choses à lui.

En attrapant son regard sans le lâcher, elle lui dit :
- Reviens demain.

*

Sam est revenu le lendemain. Et les jours suivants. Un arrêt temporaire dans sa marche effrénée et sans but. Sans se donner rendez-vous, il parvient à la trouver, dans une des rues qu'elle déblaie avec son groupe d'amies. Leurs regards se croisent, pas besoin de parler. Il fait alors une pause d'errance et ils s'assoient sur un capot ou sur un tas de pierres le plus proche. Elle pose son balai, enlève ses gants de protection. Être là une heure pour quelqu'un, ne rien dire, juste écouter, laisser le flot de mots sortir sans l'interrompre pour qu'il ne dévie pas de son cours et aille jusqu'au bout. Il sort de temps en temps de son silence pour prononcer quelques mots, la plupart du temps un « hum » d'encouragement et lorsqu'il est prolixe un « Insh'Allah ». Il hoche la tête parfois et l'encourage d'une inclinaison de tête. Il la laisse se raconter. Parfois le déséquilibre de paroles gêne Antonella. Alors elle tente quelques questions, lui les élude, ça n'est pas intéressant dit-il.

Une fois, elle lui demande comment va l'amie qu'il avait accompagnée à l'hôpital et qui allait être opérée. Elle n'a pas survécu répond-il. Il clôt la discussion. Elle sent que si elle insiste, il changerait d'itinéraire.

*

Un matin, une habitante découvre en sortant de chez elle, sur le mur d'en face une fresque absente la veille. Des arabesques tracées à la craie, des bandeaux d'un trait, deux, trois traits parallèles qui s'entremêlent, se croisent, se chevauchent telles des volutes tourbillonnantes. Sur une hauteur d'un mètre à partir du sol, et sur toute la longueur du mur. Elle est pressée mais prend quelques minutes pour se perdre dans les courbes du dessin. Elle y voit les branches d'un arbre qui s'enroulent sur elles même, il y a une beauté hypnotique dans ces tracés qui s'entrecroisent. Dans la journée, d'autres passants s'arrêtent, un le prend même en photo quand d'autres passent sans rien remarquer. Certains y voient des routes qui s'entrelacent, d'autres des serpents, d'autres des lettres, d'autres rien. Les jours suivants, le même phénomène se répète à quelques rues de là. Chaque jour un nouveau pan de mur. Le dessin peut courir sur plusieurs mètres, ou n'occuper qu'une petite portion de façade, quelques centimètres carrés. Pas de signature. Une pluie, le tag s'estompe, deux pluies il est presque effacé. Seulement il pleut rarement en ce mois de septembre. Les murs semblent choisis au hasard. Les dessins apparaissent le matin. Les passants ne font pas le lien, il faudrait que leurs pas les aient amenés devant tous ces murs pour qu'ils fassent des connexions. Ce sont juste pour eux des dessins isolés, étranges, dont la signification leur échappe, mais dont l'harmonie les touche. La craie respecte la pierre. Les habitants mécontents s'empressent de nettoyer les traces et les font disparaître. D'autres espèrent qui ne pleuvra pas.

*

- Sam, que fais-tu de tes journées ? Je veux dire à part marcher.
- ...
- Je comprends que tu n'aies pas envie de parler de toi. Promis, je ne te poserai plus de questions. Mais là, je crois qu'il faut que tu t'occupes autrement, que tu vois du monde. Viens nous donner un coup de main, au rythme que tu souhaites. Il y a une bonne ambiance. Ça te changera de tes marches solitaires.

Le déblaiement des gravats est presque terminé. C'est tout autre chose pour les appartements à réhabiliter, à retaper, à sécuriser. Un chantier immense. L'hiver va arriver, il est urgent de mettre les gens à l'abri. Antonella s'échauffe, la colère reprend le dessus, la défaillance de l'état, la corruption… elle se rend compte qu'elle boucle. Sur ces sujets, il n'y a que l'action qui la calme. Sam commande deux cafés au marchand ambulant qui vient de passer à côté d'eux. Shukran, shukran. Il tend un gobelet en cuivre à Antonella. Elle insiste. S'il veut, son aide serait utile. S'y connaît-il un peu en maçonnerie ? en bricolage ? en plomberie ? en charpente ? Serait-il capable de rénover les appartements les plus abimés, poser une porte, une fenêtre, consolider un mur ? Il y a des toits à reconstruire aussi. Il acquiesce. On peut lui montrer, sinon, lui dit-elle. Non, c'est bon, dit-il, il devrait se débrouiller. A-t-il autre chose de prévu en ce moment ? Il ne répond pas. Il lui demande qui sera présent sur les chantiers. Juste des bénévoles, des volontaires, comme elle. Peut-il connaître avant les noms des personnes avec qui il fera équipe, et les lieux des travaux ? Elle dit que ça doit être possible. Il dit qu'il va réfléchir. À bientôt, Antonella. Sans attendre de réponse, il reprend sa marche au hasard des rues.

*

Le nombre de dessins sur les murs devient suffisamment important pour que cela commence à intriguer certains habitants. Devant un mur trois passants se sont arrêtés, ils commencent à partager leurs conjectures. Le groupe grossit, ils sont rejoints par des voisins. Ça alimente aussi des discussions dans le café à côté. Certains ont cru voir une jeune femme. Les avis sont plutôt positifs, il y a une esthétique indéniable, et ils ont le bon goût d'être tracés à la craie. Quant à leur signification, mystère. Chacun y va de sa petite théorie. Certains disent que c'est pour mettre du baume au cœur après cette tragédie. D'autres croient que cela indique de futurs lieux de cambriolage. D'autres imaginent un artiste qui a perdu son atelier et qui a décidé d'embellir la ville. D'autres encore y voient une protestation silencieuse contre la corruption et le fait que toute la société est gangrénée par le clientélisme. Chacun y voit sa vision du monde et ses préoccupations du moment.

Parmi tous ces intrigués, un journaliste a décidé de mener l'enquête. Il répertorie et photographie soigneusement les dessins avant qu'ils ne s'effacent, note le nom des rues et punaise les endroits sur une carte de la ville affichée dans son bureau. Ses collègues se moquent de lui et de sa lubie « cold case ». Aymen El Din est journaliste à l'Orient-Le-Jour, en charge de la rubrique culture. Les bonnes nouvelles étant rares, il aimerait bien avoir une belle histoire à raconter derrière ces dessins de lignes qui fleurissent et recouvrent des pans de mur. Un Banksy libanais, un street artist Invader, il veut savoir qui se cache derrière ces volutes, il ne veut pas interpréter, il veut comprendre le message à la source. C'est ce qu'il raconte à ses collègues. Il ne peut bien sûr pas leur parler de son intuition et de son espoir secret.

*

Leurs coups de massue se répondent en rythme. Sam et Antonella, lunettes transparentes de protection, casque de sécurité et gants s'activent à faire tomber le mur fissuré d'un appartement. Antonella masse par moment les muscles de ses bras sollicités, Sam s'essuie le front et reprend son souffle. Taline, la belle-sœur d'Antonella et Kamal, un autre bénévole de l'association, posent une vitre. Kamal essaie de se concentrer tandis que Taline lui rejoue les meilleures vannes du dernier sketch de l'humoriste de stand up qu'elle adore. C'est un chiite dont les derniers posts ont déclenché une campagne de dénigrement sur les réseaux sociaux par le Hezbollah. L'humour irrévérencieux passe mal auprès du parti religieux, il désacralise son pouvoir. La satire politique est une arme à déflagration pernicieuse. Kamal a du mal à travailler tellement il rit.

Dans un coin de la pièce, ils ont regroupé les quelques meubles qui n'ont pas été abîmés, et dans quelques valises sombres déchirées les affaires des habitants. La mère est partie promener ses deux plus jeunes enfants. Le troisième est à l'école. L'appartement en plein chantier n'est pas un lieu sûr pour eux. Pour l'instant, sa cousine les héberge, ils se tassent à neuf dans un petit appartement en périphérie de la ville. Elle sait que cela ne pourra pas durer toujours. Leurs revenus dépendaient de l'activité de vente ambulante de poisson frais de son mari et des quelques ménages qu'elle était arrivée à trouver. Les revenus étaient déjà précaires avant l'explosion. Les crises successives économiques, monétaires puis sanitaires ont fait perdre au père son poste dans une usine de plastique. Suite à l'explosion du port, leur vieille voiture qui lui permettait d'aller s'approvisionner en marchandises, a été littéralement aplatie par un balcon qui s'est décroché. Même une réparation mineure, ils n'en avaient pas les moyens, alors là… Les prix des aliments ont été multipliés par sept en deux ans, la livre libanaise a perdu quatre-vingt-dix pour cent de sa valeur. Le père essaie de trouver des petits boulots le jour, et la nuit il va fouiller les poubelles pour récupérer des canettes dont il revend l'aluminium au kilo à des recycleurs. Il est loin d'être le seul, il y a du monde la nuit autour des poubelles. Même pendant la guerre civile, ils n'avaient pas manqué de nourriture. Mais le dicton local « on peut mourir de tout ici, sauf de faim » commence à avoir des failles.

Sans l'aide de l'association pour réhabiliter l'appartement, c'était la rue à coup sûr, leur propriétaire n'a plus les moyens non plus d'effectuer les travaux, eux encore moins. C'est le dernier filet qui les maintient encore à flot. Antonella et ses amis vont refaire le mur, remplacer les vitres et la porte qui ont été pulvérisés, l'évier qui s'est fendu en deux. La famille aura à nouveau, d'ici trois à quatre jours un espace vivable. Les enfants ont souffert de quelques coupures aux mains, ils font beaucoup de cauchemars, la femme a dû avoir une centaine de points de suture dans le dos, rien de grave, ils sont vivants. Traumatisés, mais vivants. Sur un fil qu'ils ne lâchent pas.

La fin de la première journée de travail approche. Le père est venu les remercier, il n'arrête pas de s'incliner en leur embrassant les mains. « Vous ne pouvez pas imaginer ce que cela représente pour nous, vous ne pouvez pas imaginer… ». Ils prennent congé, lui donnent rendez-vous le lendemain. Dans la rue, ils s'approchent de la camionnette de Kamal qui propose de les déposer. Sam refuse d'un sourire.
- C'est impressionnant Sam le travail que tu as abattu aujourd'hui. Tu as un sacré coup de main, on dirait que tu as fait de la maçonnerie toute ta vie, lui dit Kamal. Moi avec mes doigts de chirurgien, je ne suis pas encore à l'aise.
- Quand j'ai décidé de faire quelque chose, la réussite est la seule option.
- Ça te tente de te joindre au repas familial ce soir ? C'est fête ! Mon neveu a dix ans. Il y aura des fatayers fourrés à la viande. Ma sœur a

réussi à trouver du mouton, par l'intermédiaire d'un cousin qui a un élevage dans la plaine de la Bekaa, vers Rachaya.
- Merci Kamal pour l'invitation. Je vais plutôt marcher.
- Des fatayers ? Tu es sérieux frère, ça ne se refuse pas !

Antonella derrière Sam lui fait signe d'arrêter. Kamal n'insiste plus. Sam s'éclipse.
- C'est quoi son problème ? demande Kamal à Antonella qui hausse les épaules.

*

- *Allô, allô, Beyrouth, min fadlak ya einaye…*
Taline, tout en vocalises et sourire exagéré enchaîne les fausses notes. Ses mains exécutent des moulinets au rythme de la chanson.
- *Ehtini Beyrouth w'aajjell bel khat chewayeh,* poursuit-elle ensuite.
Une main figurant un combiné de téléphone à l'oreille, elle imite un oud puis s'affale sur sa belle-sœur Antonella qui fait mine de se couvrir les oreilles.
Kamal pleure de rire au volant de la camionnette où ils se serrent à quatre sur la banquette avant.
- Tu n'as vraiment aucun respect pour les classiques, lui dit Sam, hilare malgré lui.
La chanson le ramène quarante ans en arrière, dans l'appartement familial. Cette chanson iconique de la grande Sabah résonnait sur le

vieux tourne-disque dont la pointe faisait un bruit de crépitement au contact du sillon. « Rejoue le disque mon fils, criait-elle depuis la cuisine d'où le parfum des mezzés venait chatouiller le nez d'Elias. Remets la chanson au début ! » Cinq, six fois. Il n'en pouvait plus.

C'est le deuxième appartement qu'ils vont rénover ensemble. Ils déchargent leur matériel et sont accueillis par Ahmad. Il a trente ans, il vit seul dans son studio. Il y a moins de dégâts chez lui que dans le précédent appartement. Juste des vitres à poser, quelques étagères à redresser, ça devrait juste leur prendre la journée. Ahmad est pâle, le crâne chauve, le visage émacié. Il se confond en remerciements, s'excuse de ne pas avoir la force de se lever aujourd'hui. Il est calé dans un fauteuil, sous une couverture et un pyjama chaud. Il est gardien dans un musée. Il y a deux ans, on lui a diagnostiqué un lymphome de Hodgkin, de stade quatre. Il voit peu de monde en dehors de l'infirmière qui passe et ses voisins qui l'aident avec les courses, alors *parler* à de nouvelles personnes, c'est comme un puits dans un désert. Il se raconte un peu, et vite s'excuse de les ralentir dans leur travail. Les bénit de leur dévouement. Des dings de notification Telegram n'arrêtent pas de biper au même moment sur les portables de Taline et Antonella. Elles se lancent un coup d'œil et finissent par désactiver leurs sonneries face à ce concert sans fin mais font des pauses qu'elles

pensent discrètes pour prendre connaissance des messages. Elles feraient de piètres agents secrets. Taline essaie de lancer quelques plaisanteries, en vain. Antonella reste parler à Ahmad pendant que les trois autres avancent dans la pose des vitres, ils sont assez de toute façon. Du thé ? Elle propose de le préparer. Ahmad insiste pour qu'elle ouvre un paquet de gâteaux rangé dans le placard presque vide. Il dit qu'il ne dort plus. Il doit plus de cent millions de livres libanaises pour son dernier séjour d'un mois à l'hôpital Saint George. Huit ans de salaire… Il s'excuse de l'embêter avec ça. Antonella verse l'eau chaude. Des associations et des médecins l'ont aidé, il lui reste encore un tiers de la somme à rembourser. Il dit qu'il a honte d'avoir à solliciter l'aide des médecins, des associations, qu'ils sont nombreux dans ce cas, et que c'est dur de quémander la possibilité de rester en vie.
- Allez, ne baissez pas les bras, continuez à vous battre comme vous le faites. Vous êtes un modèle pour nous. Vous êtes en vie et vous allez le rester, lui dit-elle en posant sa main sur son épaule. Kamal est médecin, vous savez, il saura vous donner des contacts utiles. N'est-ce pas Kamal ?
Kamal acquiesce en silence. Avec Taline et Sam, ils travaillent le dos tourné à Ahmad, en faisant des petites pauses pour siroter leur thé. Le bruit d'une tasse qui se fracasse au sol et le « aïe » de Taline les fait tous sursauter. Elle s'est coupée. Kamal se précipite pour examiner

la blessure. C'est profond. Il a toujours avec lui sa trousse d'urgence, encore plus depuis les explosions. Au cas où je puisse être utile, dit-il. Deux points de suture vont être nécessaires. Il dit en riant à Taline qu'il espère se souvenir suffisamment de ses années de médecine.
- Rate les points, et tu vas voir comment tu en auras besoin aussi, lui répond-elle avec un grand sourire.

En sortant de chez Kamal, Taline explose en pleurs. Personne n'a vu venir l'effondrement de la digue.
- Adil me manque, murmure-t-elle à Antonella en se précipitant dans ses bras.
- Pleure, *habibi*, pleure.
Sam et Kamal esquissent des gestes de main qu'ils retiennent, tentent une petite tape dans le dos, se balancent d'un pied sur l'autre, leurs regards vont de leurs chaussures à l'horizon. Ils ne savent comment se comporter. D'une main, à l'aveugle, Antonella attrape un bras à proximité et d'autorité plaque à elles le corps lui appartenant, donnant ainsi le signal d'un enlacement général. Au terme de quelques minutes, on entend la voix de Taline qui a repris son self control.
- C'est bon, c'est bon, lâchez-moi. J'ai l'impression d'être un loukoum à la rose.
Elle s'ébroue, le cercle se défait.
- J'ai besoin de faire la fête ce soir, une fête à réveiller les morts.

Antonella fixe Sam. Il esquive. Il ne sera pas des leurs ce soir.

*

   Kamal et Antonella déjeunent dans la rue d'un manouchi additionné d'huile d'olive, de graines de sésame, de thym, de marjolaine, de sumac et de za'atar. Kamal lorgne du côté des sandwichs au poulet, il commence à saliver puis se force à regarder ailleurs. La viande est devenue inabordable.
- Quinze mille livres, tu te rends compte ! Le pain est passé à quinze mille livres, quatre fois le prix d'il y a un an. C'est de la folie !
Cela fait quatre mois qu'Antonella, Taline, Kamal et Sam se retrouvent et donnent de leur temps pour aider à la réhabilitation des appartements insalubres. Suivant ce qu'ils peuvent faire, cinq à six fois par mois. Kamal a postulé dans de nombreux hôpitaux du centre-ville. Pas de financement s'entend-il répondre. Le père d'un ses amis, anesthésiste réanimateur à l'Hôtel-Dieu, l'a prévenu : même s'il trouvera un poste, il ne pourra pas exercer son métier correctement. Les dispositifs médicaux viennent à manquer, trouver certains médicaments, des anti-douleurs ou des anesthésiants devient impossible. Lui-même en est réduit à demander à ses patients qui le peuvent de se les faire envoyer par leur famille de l'étranger. En parallèle de ses recherches infructueuses, Kamal est bénévole dans une

association qui fournit des soins pédiatriques pour les enfants de réfugiés syriens, mais aussi de plus en plus aux enfants beyrouthins issus de la classe moyenne dont les familles connaissent maintenant la grande pauvreté.

- Il y a une malédiction sur le Liban, maugrée Kamal, ça n'est pas possible autrement. J'ai pris ma décision. Si j'arrive à obtenir mon visa, je pars.

Face à l'apocalypse, à la situation qui s'aggrave, Kamal s'est résigné à faire le choix d'émigrer, comme beaucoup. Le cœur écartelé. Depuis l'explosion, la jeunesse libanaise a du mal à garder espoir. Pour lui, Insh'Allah ce sera le Canada, où il a terminé ses études de médecine il y a trois ans. Ces derniers mois, il a parfois réussi à trouver un travail d'une semaine ou deux dans un marché, dans une boulangerie, dans une boutique, rien qui ne dure. Rien qui ne lui permette de vivre décemment.

- Tu l'as déjà annoncé aux autres ?
- Pas encore. Je n'y arrive pas, j'ai l'impression de vous abandonner.
- Ils vont comprendre, Kamal.
- Tu crois ?
- Au moins l'un d'entre nous aura une vie meilleure. Moi, je ne peux pas partir. Sinon *ils* auront gagné. Sinon Charbel et Adil seront morts pour rien.

- Antonella, si ça continue, je vais devoir demander de l'argent à mes parents, et ça, c'est la limite que je ne franchirai pas. Je suis passé à un repas par jour, j'ai coupé toutes mes dépenses. Je ne vois plus de perspectives.
- On doit continuer à se battre…
- Pour arriver à quoi ? C'est au-dessus de nos forces, faire bouger ce confessionnalisme, ce clientélisme. Je n'y crois plus, c'est trop enkysté dans notre structure politique.
- Je sais, le système est malade. On vit dans un monde où personne ne peut remettre en cause la responsabilité d'un individu corrompu sans que cela soit interprété comme une attaque de sa religion, avec ses membres qui font bloc par principe. C'est dingue. Dans ce système où tout se tient, la banque, la politique, les sociétés privées, malgré l'ampleur de la catastrophe ils ont encore intérêt à ce que rien ne soit su, ils se protègent les uns les autres. Je n'ai pas le choix de continuer à dénoncer ça. Tu te rends compte, en deux mois d'enquête, le juge n'est parvenu qu'à lancer des mandats d'arrêt contre le propriétaire et le capitaine du cargo qui avaient amené le stock de nitrate d'ammonium au port en 2014 et quelques autres boucs émissaires comme les ouvriers syriens dont les travaux de soudure ont initié l'incendie. Comme si c'était eux les principaux responsables ! Le capitaine du navire, ça fait plus de six ans qu'il n'a pas remis les pieds au Liban, quant aux autres, c'est juste des ouvriers qui ont obéi aux ordres.

Les joues d'Antonella sont rouges, ses mots se télescopent. Ses bracelets dansent à un rythme saccadé dans un bruit de cliquetis.
- J'ai voulu croire que l'explosion du port serait le détonateur pour engager des réformes, mais je me suis trompé. Rien ne change.
- Je n'arrive pas à me résigner, Kamal. Je ne m'arrêterai pas tant que la justice ne sera pas rendue.
- Moi je n'y crois plus. Je vais avancer ailleurs.

Sam et Taline les rejoignent, un verre de thé et un sandwich à la main.
- *Sahteïn.*
- Vous mangez quoi ? demande Sam
- Du maghmour. Vous avez déjà fini ?

Antonella jette un coup d'œil à Kamal, et d'un geste du menton l'encourage à parler.
- Que se passe-t-il ?
- Kamal a pris la décision de partir.
- Non, pas toi aussi !
- Je suis désolé, Taline, je ne savais pas comment vous l'annoncer.
- Tout le monde part.
Après un silence elle ajoute :
- Moi, je fais tout le temps le même cauchemar. Je rêve que je poursuis des ombres grises qui s'évaporent toujours quand je m'en approche.

*

Le fil Telegram « NouN pour la justice » est en pleine effervescence depuis quelques jours. NouN, N pour la première lettre du mot *femme* en arabe *Nun* et pour la dernière lettre du Liban. Le ding des messages s'enchaîne. Il faut dire que Taline déborde d'idées. Elles sont une vingtaine sur le fil. Commerçantes, étudiantes, responsables logistiques, comptables, elles ont entre 18 et 65 ans. Elles ont décidé que leur mouvement resterait apolitique et non confessionnel. Et exclusivement féminin pour se protéger et éviter d'être infiltrées. Elles se sont rencontrées lors de la *thawra* d'octobre 2019, où les Beyrouthins avaient exprimé pour une fois en nombre leurs ras-le-bol dans la rue. Plusieurs ont des proches décédés ou blessés dans l'explosion. Antonella est particulièrement amie avec Assia, qui a perdu sa fillette de 3 ans, Taline elle a beaucoup sympathisé avec Amina et Roxana, deux sœurs jumelles de soixante ans qui lui rappellent sa grand-mère.

En ce milieu d'après-midi, Taline passe le barrage des agents de sécurité, les bras chargés d'un énorme gâteau d'anniversaire, un namoura recouvert de crème chantilly. Ses yeux pétillent. On dirait une petite fille qui prépare une surprise. Ou un bon coup. Les gardes armés la fouillent, elle passe le détecteur de métaux. Elle est bientôt suivie d'autres femmes qui arrivent au compte-goutte, Amina et Roxana avec des ballons gonflés à l'hélium, Assia avec un paquet emballé de papier rouge surmonté d'un nœud. On ne rentre pas normalement si facilement dans le palais de justice.

Les agents les laissent passer et plaisantent sur le chanceux pour qui la surprise se prépare. Aucun n'a l'idée de reconstituer le message que les lettres des ballons portent. S'ils savaient. Le Muezzin vient de sonner l'heure d'Asr, la prière de l'après-midi. Tout sourire, elles traversent le hall, prennent à droite la salve d'escaliers, se forcent à gravir les marches lentement et se dirigent vers le bureau du juge Sawar au deuxième étage. Elles sont une quinzaine. Quelques minutes après, des journalistes prennent le même chemin, prévenus par Antonella. Les femmes sortent leurs banderoles, alignent les ballons qui forment le mot « dessaisissement », et commencent en silence un sit-in. Roxana frappe à la porte du juge Sawar qui apparait dans l'encablure de la porte. Les caméras s'allument, les micros se tendent vers les femmes assises en tailleur pour les interviewer.
Antonella prend la parole, elle plisse les yeux, aveuglée par un projecteur, quatre journalistes se penchent pour recueillir ses mots.
- Nous sommes des mères, des sœurs, des citoyennes. Nous entreprenons cette action pacifique pour dénoncer les magistrats et les

politiques qui tentent d'étouffer l'enquête sur l'explosion. Libanaises, Libanais, réveillons-nous. Ne perdons pas de vue que les coupables échappent encore au jugement. Nous n'oublions pas, malgré la difficulté de la vie quotidienne, qu'à plus grande échelle...
Deux gardes la soulèvent et la tirent par le bras, Amina prend ensuite le relais.
- À plus grande échelle ce pays est gangréné par la corruption, qui nous maintient dans un état de non-droit et de pauvreté.
Une vingtaine de gardes arrivent par grappe, forment un bloc devant les caméras pour les empêcher de filmer.

Lorsque Sam a découvert leurs visages ce soir à la télévision, dans le bar du quartier où il dînait, sa première réaction ressemble à la colère d'un père découvrant les bêtises de ses filles. Ça n'est pas leur place ni leur rôle de s'investir dans de telles actions. Puis l'inquiétude est venue. Il compose le numéro d'Antonella qui sonne dans le vide.
Puis celui de Taline, dont le répondeur se déclenche au bout de cinq longues sonneries. Dans quelle situation se sont-elles mises ? Taline le rappelle cinq minutes après.
- Où êtes-vous ? Comment allez-vous ?
- Ça va Sam. On vient d'être relâchées. Amener un gâteau et des ballons n'est pas encore un motif suffisant de trouble à l'ordre public.

Le lendemain, la une de l'Orient-Le-Jour titrait : « *Sit-in devant le bureau du juge Sawar. Les manifestantes affirment : « Vous nous trouverez toujours sur votre chemin. Levez l'impunité, jugez au nom du peuple.* »

En refermant l'édition, Taline ajoute :
- Le juge a eu de la chance que Roxana me retienne de l'entarter ! ».

*

- Les filles, vos chances de réussite sont nulles, c'est David contre Goliath. Vous prenez toutes les deux des risques inconsidérés. Vous savez bien ce qui est arrivé au colonel des douanes, Joseph Skaff, au jeune photographe, sans parler de Slim ? Tous assassinés. Vous voulez que cela vous arrive à vous aussi ?

Sam leur parle comme à des enfants que l'on réprimande. Il pense à l'assassinat de Lockman Slim après qu'il ait dénoncé le lien entre le nitrate d'ammonium stocké dans le port de Beyrouth et l'usage exponentiel des barils d'explosifs par le régime syrien après 2014. Il pense aux nombreux politiques liés au Hezbollah qui ont intérêt à ce que l'enquête n'aboutisse jamais. Il pense à tous ces dossiers qui dérangent des puissants, qui n'ont pourtant aucun scrupule pour préserver leurs intérêts.

Antonella le jauge, les mots sortent de sa bouche telle une mitraillette, sa voix est froide, saccadée.

- Mais que crois-tu Sam ? Qu'on est déconnectées de ce qu'il se passe ? Et toi Sam que fais-tu, à part évaluer nos chances de réussite et nous prendre de haut ? Comment t'engages-tu ? À part donner ton opinion et parler, que fais-tu pour que ça change ? Ils jouent sur la peur et l'intérêt personnel pour avoir le champ libre. Et toi, tu t'y soumets aussi. Il se sent idiot comme foudroyé en un instant. Il revoit sa mère dans son ancien salon, ce qu'il n'a pas écouté, comment il lui a imposé « pour son bien » ce qu'elle ne voulait pas. Tout ce qui lui semblait normal et dans l'ordre des choses lui explose au visage. Il réalise soudain qu'il tenait pour unique vérité ce schéma où par principe il considère son jugement plus sûr, où par principe il infantilise les femmes, où par principe la vérité est de son côté. Il réalise soudain que la clairvoyance et le courage n'étaient pas où il les imaginait.

- Oui nous prenons des risques. Oui, très probablement nous ne gagnerons pas ce combat. Peut-être que le fait d'être des femmes nous protège un peu, pour l'instant. Ou c'est peut-être une illusion. Seulement si personne ne dit rien, il n'y a plus d'espoir.

Tout cela est dit avec détermination, sans agitation guerrière. Sam ne trouve rien à redire, il est impressionné.
Taline les secoue.
- Allez, vous me déprimez avec toutes ces discussions. Il suffit d'agir c'est tout, avouez, c'était bien trouvé le coup de l'anniversaire non ? C'était malin, et c'était drôle en plus. La meilleure réponse que nous puissions leur donner est de continuer à faire la fête. On se retrouve en boîte ce soir ? Le TrainStation vient de rouvrir. J'ai envie de danser, de décompresser. 23h là-bas ?
- Je vais vous laisser y aller entre vous, ça n'est plus de mon âge.
Taline serre le bras de Sam.
- Ah non Sam, ce soir tu ne peux pas me lâcher. Je fête mon anniversaire. Mes vingt-cinq ans.
- C'est ton anniversaire aujourd'hui ? Pourquoi tu n'avais rien dit ? D'accord, pour toi alors, *Aaïné*.
- À tout à l'heure, je vais trouver quelque chose d'excentrique et pailleté à me mettre.
Taline leur fait un petit signe de la main et un pied de nez en se retournant. Avec sa démarche sautillante, on dirait un lutin sur ressort.
Sam se tourne vers Antonella.
- Taline ne parle jamais d'Adil. Elle est un mystère pour moi. Je ne comprends pas sa gaité constante après tous ces drames, et dans la vie que nous vivons.
- C'est ma meilleure amie, je l'ai connue à l'université, on étudiait toutes les deux la

physique et les mathématiques, on voulait être ingénieures en génie mécanique. Taline vient de Hamra. C'est moi qui l'ai présentée à mon frère Adil. Ils étaient beaux à voir les deux, vraiment. Tu les aurais vus ensemble ! Je ne crois pas au coup de foudre, mais ces deux-là, je crois que c'est ce qu'ils ont vécu. Comme Taline est chiite et nous sunnites, tu t'en doutes, personne des deux familles n'a assisté à leur mariage civil, et du côté de Taline juste sa cousine a osé affronter la réprobation familiale. La réaction de mon père ne m'a pas surprise. Mais ma mère, j'aurais imaginé qu'elle serait venue. Trop dur d'aller contre mon père j'imagine. Adil et Taline ont dû aller en France pour se marier.

- Ils ont réussi à faire homologuer leur mariage au Liban ?

- Oui, parce qu'ils étaient d'abord passés par la France. On sait tous l'hypocrisie de notre pays sur les mariages mixtes. Ça me dépasse que les mentalités ne changent pas plus vite. Ils ont hésité à vivre ailleurs pour ne plus ressentir la désapprobation de tous. Et puis finalement, ils ont décidé de rester. Je sais que c'est douloureux pour Taline. Quand on a enterré Adil et Charbel, j'ai dû affronter mes oncles pour imposer qu'elle soit présente, devant, à côté de moi, à côté de mes parents. Elle ne t'en parlera jamais. Elle refuse de mentionner tous ces moments-là autrement qu'en plaisantant. Mais c'est sûr que personne ne dictera sa vie.

*

Le videur à l'entrée du TrainStation a changé. Sam se détend un peu en le constatant. Sa barbe est longue maintenant, cela devrait suffire. Sans ses belles tenues d'avant, son physique a changé. Il réfléchit au premier prétexte plausible qu'il peut inventer pour quitter l'endroit. La musique est audible à plus de cinquante mètres de l'entrée. Son œil repère les consolidations qu'a subies l'édifice depuis l'explosion. Du bon travail apprécie-t-il. Il est arrivé avec Taline et Antonella, et retrouve Kamal venu avec quelques amis. Il y a des personnes qu'il a aperçues à l'association, et visiblement beaucoup d'amis de l'université où étudiait Taline.

L'endroit le plus discret reste la piste de danse. Chacun est dans son monde, peu de regards se croisent, à part ceux qui se connaissent et communiquent par regards appuyés. Malgré son aversion pour la danse, Sam reste au centre du dance floor. Il encourage Antonella à le rejoindre. Au bout de quelques enchaînements de tubes, il se prépare à partir quand Taline vient les chercher. Ses amis lui ont préparé un gâteau, des bougies, un semblant de normalité. Il se rapproche de Kamal, qui une coupe à la main a entonné un chant

d'anniversaire. Le chant couvre presque la musique de la discothèque.
- Ton visage me dit quelque chose, entend-il dans le vacarme.
Il se tourne vers la personne qui s'est approchée pour lui parler. Un jeune homme cheveux longs attachés en catogan. Ça n'est pas quelqu'un qu'il connait.
- Je ne pense pas que l'on se connaisse, non. Vous devez confondre. Excusez-moi.
Sam s'approche de Taline, en grande discussion avec Antonella et d'autres amis.
- Encore bon anniversaire, je te souhaite beaucoup de bonheur, lui glisse-t-il à l'oreille en la serrant dans ses bras.
- Merci *ktir*.
Il s'éclipse ensuite discrètement sans apercevoir le signe amical que lui adresse le barman. Ce dernier, ignoré, marmonne pour lui-même : « La roche tarpéienne est proche du Capitole... Si c'est pas malheureux une telle déchéance. »

*

Il en comptabilise plus de quatre-vingts. Quatre-vingts graffitis à la craie blanche qui recouvrent des murs, toujours ces mêmes double ou triple lignes courbes, ces circonvolutions enchevêtrées, envoûtantes sans autre forme de signature, de message ou de revendication. Aymen El Din à ses heures perdues continue l'enquête, documente, photographie. Dans cette ambiance dantesque, ce suspense sur l'identité et les raisons de *Courbsky*, comme il l'a surnommé, est pour lui un baume qui le détourne d'un quotidien de plus en plus sombre. Et surtout, il lui permet d'espérer.

L'orient-Le-Jour Rubrique Culture – 13/12/2020
https://www.lorientlejour.com/

Les lignes mystérieuses d'un street artiste anonyme

Dans les crises que traverse actuellement Beyrouth, il est des petits miracles, des moments de beauté et d'émerveillement qui viennent alléger le quotidien. S'il y a une chose qui peut apaiser nos angoisses et nos peines dans les profondes turbulences que nous traversons, c'est bien l'art. Rendre l'art accessible à tous, gratuitement, au plus près de chacun, difficile d'imaginer acte plus citoyen et plus généreux.
Notre ville de Beyrouth abrite un de ces artistes anonymes, œuvrant avec modestie dans l'ombre qui offre son travail remarquable de simplicité et de profondeur au plus grand nombre.
Les premiers graffitis, travaillés sobrement sur des pans de mur sont apparus dans le quartier Yesouieh, rue Roucheid El-Dahdah, quelques jours après l'explosion du port. Puis de nouveaux dessins ont vu le jour aux alentours. En quatre mois, ce sont près de quatre-vingts œuvres qui ont recouvert des pans de mur du centre-ville, dont les édifices ont été les plus touchés. Quel est le message de l'artiste ? Qui est-il ? Autant de questions auxquelles nous ne pouvons répondre actuellement. Reste la poésie de ces courbes, qui éclairent de leur beauté un

paysage urbain profondément abîmé. « Alors que nous avons la sensation que tout le monde nous a oublié, recevoir le cadeau d'un tel dessin fait chaud au cœur. Quelqu'un pense à nous, c'est une trace de solidarité », témoigne Laura Lahoudini, une habitante.

OLJ - *Aymen El Din* – *Correspondant culture – le 13 décembre 2020*

*

C'est le jour du départ.
Sur l'écran, le vol passe de la quatrième à la troisième ligne :
Montréal – 9h35 – *(neuf heures et demie et cinq comme on dit à Beyrouth)* – Boarding gate 3 - On time
Le hall sous le panneau mérite son nom de kiss & cry. La bande des quatre, au complet une dernière fois, a un œil rivé sur l'horloge et les minutes qui les séparent du moment où Kamal va devoir passer le portique de sécurité. Ils l'ont accompagné à l'aéroport, conscients qu'ils ne se reverraient pas avant longtemps. Taline lui offre des bandes dessinées d'un humoriste libanais qu'elle adore, Antonella un coffret d'épices du marché pour qu'il n'oublie pas d'où il vient. Sam lui a fabriqué une maquette miniature du TrainStation, souvenir de leur amitié. Il a poussé les détails jusqu'à les représenter des quatre autour du gâteau

d'anniversaire. Ils retiennent encore un peu le temps. Kamal félicite Antonella et Taline.

- Je suis tellement fier de vous deux, mes colombes. Vos actions ont porté leurs fruits. J'ai lu l'article sur le journal, on dirait que le juge Sawar a retrouvé un peu d'audace et de courage et qu'il commence à résister aux pressions politiques.
La bonne nouvelle est tombée le matin même. Deux anciens ministres, celui des finances, et celui des travaux publics, l'autorité de tutelle du port de Beyrouth, sont inculpés de négligence et manquements ayant entraîné la mort d'innocents. Tous les deux sont membres du Amal. Auparavant, le juge n'avait inculpé que des personnes ayant joué un rôle mineur.

- Oui, tu vois, ça avance. Le juge commence à cibler des vrais responsables. Maintenant c'est d'une enquête internationale que nous avons besoin, et ça, c'est bien la seule chose sur laquelle ils sont tous d'accord dans les hautes sphères pour qu'elle n'ait jamais lieu.

Kamal leur promet de donner de ses nouvelles là-bas. Ils s'accrochent à ces mots, mais l'abandon les prend au ventre au moment où il disparaît.

*

Dans la pénombre de cette nuit étoilée, sa main nous trace, nous dessine, nous donne à la vie. Nous naissons de ses gestes assurés, rapides, de ses doigts recouverts de poussière blanche. Nos ondulations prennent consistance, semblables à un flot vivant, à un ressac. Dans son sourire tranquille, comme sa main nous fait exister, nous ressentons le pouvoir de nos lignes harmonieuses, de notre beauté résistante. Elle semble nous dire : rayonnez, apaisez, guérissez, usez de votre magie. Il y a de l'humilité assurée dans son trait, du désarroi engagé dans son souffle, une rapidité désespérée dans ses gestes. Nos courbes se croisent et se recroisent, se cherchent sans arriver nulle part. Ses doigts semblent nous interroger : où aller ? Que faire ? Quelle voie prendre ? Ces mains créatrices sont des égarées de la vie qui cherchent leur chemin. Savent-elles qui elles sont ? L'ont-elles jamais su ? Elles ont perdu le sens, elles doutent même l'avoir un jour trouvé. À cet instant, en nous créant, elles nous donnent accès à un monde qui semble aussi avoir perdu son cap, sa route. Un monde complexe, fait de liens serrés et interdépendants, pour le meilleur et pour le pire. Le monde que nous voyons tourne en boucle. Intriqué, emmêlé, imbriqué. Nous voyons les forces s'amenuiser, la misère s'installer, la désespérance se répandre. Nos nœuds serrés entremêlés sont à l'image de cette société : indémêlables.

*

- Sam, tu ne parles jamais de toi. Ça fait des mois que nous nous connaissons. Pourquoi ?
- C'est qu'il n'y a rien d'intéressant à dire, en vrai.
- Tu vis où, par exemple ?
- Pour l'instant dans ma voiture.
- Quoi ? On passe notre temps à rénover des appartements et toi tu vis dans ta voiture ! Pourquoi tu n'as rien dit ? Tu veux venir t'installer à la maison ?
- Je crois que cela vous attirerait des ennuis supplémentaires. Quelle réputation ça vous donnerait auprès de vos voisins, de votre famille ?
- Choquer les bien-pensants ne nous fait pas peur, tu imagines bien.
- Ça me convient comme ça. J'ai l'habitude maintenant.
- Tu sais où me trouver si tu changes d'avis. Tu faisais quoi avant l'explosion ?
- C'est loin, une autre vie dont je n'ai pas envie de parler.
- Tu as de la famille ? Des amis ?
- Tu es bien curieuse, *habibi*.

*

Vu la nouvelle tombée ce matin, Sam prend les devants et appelle Antonella. Les deux

anciens ministres mis en cause ont réussi à obtenir le dessaisissement du juge Sawar, en l'accusant de violation de la constitution au motif de leur immunité parlementaire. La Cour de cassation vient de leur donner raison.
- Non ! Ça n'est pas possible ! Tu te rends compte, *eux*, ils sont parvenus sans difficulté à faire récuser le juge Sawar maintenant qu'il commençait à aller dans la bonne direction. En à peine deux mois ! *Ils* ont tous les pouvoirs. On n'y arrivera jamais. Six mois ont passé depuis l'explosion et nous sommes revenus au point de départ.
À l'autre bout du fil, Sam entend ses soupirs de découragement.
- Je sais que c'est un coup dur, Antonella. Mais rien n'est terminé.

*

Depuis les murs d'enceinte ajourés, à travers le vaste jardin planté de palmiers, de cyprès byzantins et de bougainvilliers en fleurs, on aperçoit le double escalier courbe.
Façades blanches ornées de fenêtres orientales dont les vitraux ont été soufflés, loggias, tourelles de style vénitien, le palais Lascaris construit sur le promontoire d'Achrafieh face à la méditerranée, mêle orient et occident, dans le pur style libanais. Il appartient maintenant à David Melhem. Juste avant de rentrer dans la propriété, Aymen s'arrête et photographie un nouveau dessin de courbes. Décidément,

Courbsky est prolixe, à moins qu'il n'ait fait des émules. À l'intérieur du palais, les dégâts ne permettent plus de pénétrer dans l'édifice. L'explosion a éventré ses toitures qui se sont effondrées dans le salon d'apparat. Les marbres ont éclaté, les boiseries sont fissurées. Le grand escalier à vis intérieur est recouvert de gravats, des pans de murs décorés et des sculptures se sont écroulés. La quasi-totalité des tableaux, notamment un Corot et des peintures italiennes, les tapisseries de Damas, les porcelaines de Meissen ont été détruites. Aymen El Din est accueilli d'une grande accolade par le fils de la propriétaire, Myrna Melhem, décédée dans les décombres.

- Merci Aymen de ton amitié sans faille. Je sais à quel point tu appréciais le travail de ma mère sur la préservation des bâtiments historiques. Elle conservait tous tes articles et ton message au moment de son enterrement m'est allé droit au cœur.

David lui tend un casque de chantier orange. Aymen hoche la tête.

- Son travail était indispensable. C'était une grande dame.

David sort de sa poche et lui tend un papier froissé. Un gratte-ciel luxueux se détache sur fond de coucher de soleil avec en diagonale l'inscription Lebanon Luxury Estate.

- Regarde ça, c'était son dernier combat. Elle t'en avait parlé ? Des promoteurs immobiliers ont tout fait pour la convaincre de vendre le palais Syrusk. Elle a appris qu'ils avaient aussi

contacté les propriétaires du palais Lascaris et a essayé de les dissuader de vendre. Il reste peu de joyaux de l'architecture libanaise qui n'aient résisté à leurs assauts.
- A son âge, elle m'impressionnait par son énergie et sa ténacité. Je la reconnais bien là.
- C'est pour ça que je me suis décidé. La meilleure chose à faire pour lui rendre hommage, et après les dégâts causés par l'explosion, c'est de rendre sa magnificence à ce palais. De le mettre définitivement à l'abri des spéculations.

Ils avancent de quelques mètres dans l'entrée béante du palais mais ne pénètrent pas plus loin. Des blocs de pierre jonchent le sol, une tête de statue décapitée témoigne silencieusement du traumatisme. Le lieu est trop dangereux, trop de parties de l'édifice peuvent encore s'effondrer. Aymen se penche et prend quelques photos.

De retour dans le jardin, David lui présente le projet. Il veut réhabiliter le palais et le convertir en musée pour le protéger durablement de la spéculation immobilière.
- Aymen j'ai encore besoin de toi. Je vais lancer une souscription et entreprendre la restauration avec une équipe de mécénat et le musée National de Beyrouth. Nous allons transformer le palais en musée et l'ouvrir au public. J'aurais besoin que tu écrives un article sur ce projet.

- *Tayyib ! Ok ! D'accord !* Je peux faire paraître quelque chose dans la semaine. Je sais que la diaspora libanaise cherche à contribuer.
- *Merci ktir*.
- Je voulais te demander. As-tu remarqué sur le mur de l'enceinte côté rue ces tracés étranges à la craie ?
- Oui, bien sûr.
- Te souviens-tu quand ils sont apparus ? As-tu vu qui les a dessinés?
- C'est apparu une nuit, il y a peut-être une semaine. Non, je n'ai pas vu leur auteur.
- Que comptes-tu faire ?
- Comment ça ?
- Vas-tu les effacer ? Vas-tu les conserver ?
- Les effacer ? Tu plaisantes ? Pour moi c'est un signe, le signe que l'art trouve le moyen d'être visible et présent malgré tout. Je vais le garder comme un talisman.
- Tu me rassures de voir les choses comme cela. J'ai commencé une enquête sur ce mystérieux artiste, j'ai déjà répertorié une trentaine de ses œuvres, et je cherche à connaître son identité. En attendant je l'ai surnommé Coursbky. Je vais sortir un article sur lui la semaine prochaine. Si tu vois d'autres signes tu m'appelles ?
- C'est intriguant cette histoire, c'est passionnant. Tu m'enverras les photos ?

*

Depuis son article sur l'artiste, il arrive que des lecteurs de l'Orient-Le-Jour lui signalent de nouveaux graffitis. Grâce à eux, sa carte s'est enrichie de nouveaux drapeaux. Il fait un détour avant de rentrer au bureau, suite à un nouveau signalement de lecteur.

Il a sorti son appareil photo, il prend son temps. Il interpelle les passants. Se souviennent-ils quand est apparu le dessin ? Ont-ils vu quelqu'un à proximité ? De sa fenêtre au deuxième étage, Ahmad le regarde. Encore deux ou trois passants interrogés et Aymen lève les yeux. Ahmad lui fait signe et ouvre sa fenêtre.
- Vous cherchez quelque chose ?
- Oui, je m'intéresse à cette œuvre, j'aimerais récolter des informations sur son auteur. Vous savez quelque chose ?
- Montez.
Aymen El Din gravit les marches deux à deux. Aucune piste sérieuse ne s'est présentée pour l'instant à lui.
Il frappe.
- C'est ouvert !
Il entre dans un petit studio, meublé très sommairement, mais bien entretenu. Sur un fauteuil à côté de la fenêtre, un jeune vieux squelettique, des cernes bleuâtres, les joues creusées.
- Désolé, je n'avais pas la force de descendre, lui dit son hôte.

- Je m'appelle Aymen El Din, lui dit-il en lui montrant sa carte de presse. Je suis chroniqueur culturel pour le journal L'Orient-Le-Jour.
- Je suis Ahmad.
- Cela fait des mois que je remarque ces dessins apparaître sur les murs. J'enquête, j'aimerais parler au mystérieux ou à la mystérieuse artiste qui réalise ses œuvres, j'aimerais comprendre leur signification, son message, pourquoi cet anonymat.
- Que lui voulez-vous ?
- Rien de plus que cela. Juste comprendre, je crois.
- Ce que je peux vous dire, c'est qu'il fait partie d'une association pour réhabiliter les appartements... Ils étaient quatre bénévoles lorsqu'ils sont venus faire les travaux chez moi il y a quelques mois.

Ahmad lui raconte la réparation de l'appartement, puis quelques jours après, une nuit d'insomnie, alors qu'il était posté à la fenêtre, la scène à laquelle il a assisté : quelqu'un dont la démarche et l'allure ressemblant à une des personnes qui était venue chez lui, à la lueur d'un briquet, qui en un temps très court, peut être trente minutes, pas plus, dessine ces courbes sur le mur en face de chez lui. Lorsqu'il a eu terminé, il s'est retourné, leurs regards se sont croisés. Il lui a fait signe. Un geste amical de la main. Là, aucun doute, c'était lui. Et il est parti.

- Je n'en sais pas plus. Je ne me souviens plus de son nom. Kamal je crois. Grand, brun. C'est tout ce que je sais.
- Pourriez-vous me donner le nom de l'association ?

*

« La folie, c'est de faire toujours la même chose, et s'attendre à un résultat différent. » Albert Einstein

La folie, c'est de persister à confier l'enquête sur l'explosion du port à un magistrat libanais, aussi intègre et apolitique, soit-il, et s'attendre à ce qu'il puisse efficacement travailler dans un monde où corruption, confessionnalisme et loyauté communautaire gangrènent toutes les couches de la société.

Ou alors, ça n'est pas du tout une folie. Mais au contraire une tactique d'une grande clairvoyance, qui permet de se défausser de ses responsabilités et de torpiller l'enquête avant qu'elle ne commence. Une enquête internationale indépendante ne subirait pas les mêmes pressions ni les mêmes obstacles. Et sur l'enquête internationale, tous les hommes politiques de tous bords sans exception sont unanimes pour la refuser. Dans un pays où les hommes politiques de différentes confessions sont rarement d'accord, c'est surprenant.

L'histoire se répète si l'on n'en apprend rien. Quatre mois après la destitution du juge Sawar, c'est exactement sur les mêmes motifs que deux anciens ministres, toujours les mêmes, ont saisi la Cour de cassation pour obtenir la mise à l'écart cette fois du juge Tarek Bitar, son successeur sur le dossier explosif du port. Un des membres de la Cour de cassation est le beau-frère d'un des ministres accusés. Le juge Bitar contrairement à son prédécesseur ne commet aucune erreur de procédure. Il envoie des missives, des requêtes au Parlement, il passe par les voies judiciaires appropriées avant de lancer une interpellation. C'est un parcours sans faute jusque-là. Sera-t-il destitué ? Combien de juges libanais vont se succéder encore ? Antonella enrage.

En ce moment, le juge est visé par différentes cabales, diffamations et mesures d'intimidations orchestrées par le Hezbollah, allant de messages diffusés sur les réseaux sociaux à des menaces à peine voilées. Il est notamment accusé de ne pas s'attaquer au cœur du problème et des responsabilités, qui est de savoir qui est derrière l'arrivée du nitrate d'ammonium à Beyrouth six ans avant qu'il n'explose ou encore le fait qu'il serait anti chiite et qu'il ferait de l'acharnement politique car il n'a pas inculpé le président chrétien. Il vit désormais avec sa famille sous protection militaire. Le réseau « NouN » s'agite à nouveau, pour une opération que Taline a nommée « l'opération Bodyguard ». Avec les autres activistes, elles cherchent à protéger l'action du juge Bitar. Dans cette tempête, le bateau de la justice tangue tellement qu'il pourrait chavirer. Elles se préparent à une contre-manifestation : le Hezbollah a annoncé un rassemblement ce prochain 14 octobre pour faire pression sur le gouvernement et l'obliger à limoger le juge.

- Regarde le communiqué que le Amal vient de publier ! dit Antonella à Taline en agitant au-dessus de sa tête un journal. Une honte. Ils affirment que *l'action du juge Bitar est déviante, et que son travail est politisé, mené à la faveur d'un agenda préétabli afin de régler des comptes et empiéter sur les prérogatives du Parlement.* C'est scandaleux. Il fait justement correctement son travail, et ils commencent à avoir peur. Hors de question de céder.

Sam a surpris leur discussion et tenté de les décourager d'y aller. Devant leur obstination, il leur emboite le pas.

Sur le chemin pour le quartier de Tayouneh, munie de drapeaux du Liban et de banderoles proclamant « Laissez le juge travailler », Taline leur raconte la dernière blague qui circule.
- J'en ai une très bonne : *qui est-ce qui au Liban, a la capacité de suspendre l'enquête du Juge Bitar et de couper toutes les communications internet et téléphonique dans la moitié de la capitale ?*
Sam tente le *Hezbollah* en se disant que ça n'est pas drôle mais la seule réponse à laquelle il

pense, Antonella renchérit avec les *hommes politiques corrompus,* puis essaie une *liasse de dollars.* Elle ne voit pas non plus où est l'ironie. Taline secoue la tête en signe de dénégation à chacune de leurs propositions. Ils sèchent. Taline les laisse chercher encore un peu, puis leur donne la bonne réponse : le retraité.
- Le retraité ?
Antonella et Sam se regardent interloqués. Elle développe alors.
- Dans le premier cas, il a suffi qu'un juge parte en retraite pour réussir l'exploit de bloquer la Cour de cassation et paralyser toutes les décisions tant que son successeur n'est pas nommé, et visiblement c'est compliqué. En attendant, la Cour n'a plus le droit de se réunir faute de quorum. Pile au moment où un recours suspens l'enquête du juge Bitar. C'est fou non ? Sam est ahuri d'autant d'inertie et d'incompétence. Antonella moins.
- Et le deuxième retraité, accrochez-vous, c'est encore plus savoureux. Lui, il est ou plutôt il était juste comptable. Mais comment un comptable peut réussir la performance de priver la moitié de la ville de communications pendant quatre jours, à lui tout seul ? Sans l'aide d'armes, d'intimidations, de menaces ?

Sam et Antonella sèchent.
- Et bien il lui a suffi de ne pas signer l'ordre de transfert de carburant qui alimente les générateurs électriques des centrales. Et pour cause, il était parti en retraite sans remplaçant.

Or ce document doit être consigné par deux comptables du ministère des Télécoms. Le sujet du remplacement du retraité a atterri sur le bureau du Premier ministre et du ministre des Finances, rien que cela. Elle est bonne non ? Nous avons des dirigeants d'une grande créativité pour expliquer les dysfonctionnements majeurs. C'est aujourd'hui, ils nous expliquent sérieusement que c'est le retraité qu'il faut blâmer de tous nos maux.

*

La matinée est ensoleillée en ce 14 octobre 2021. Une centaine de manifestants, des hommes uniquement sont attroupés devant le palais de justice pour réclamer le limogeage du juge. Des exemplaires de son portrait sont brûlés. Un manifestant interviewé par la presse présente sur place explique que « l'enquêteur a commis des erreurs et qu'il doit être reconsidéré ».

L'armée présente à quelques rues de là empêche le groupe d'Antonella, auquel d'autres activistes se sont rajoutées d'approcher du palais de justice. Soudain, un premier tir dans une rue adjacente. C'est un bruit qu'ils connaissent tous bien, un bruit d'armes automatiques. Par réflexe ils s'accroupissent derrière une voiture. Les tirs reprennent, dans la rue et au-dessus, à partir des immeubles. Le groupe se sépare, la confusion règne, tous les passants cherchent à fuir. Un lance-roquette fait exploser une voiture au bout de leur rue. Ils essaient de traverser pour s'enfuir dans la rue en face. C'est à ce moment-là que Taline est touchée par une balle à la cuisse droite. Sam rebrousse chemin et la soulève dans ses bras. Elle grimace mais ne dit rien. Les miliciens en pleine rue continuent à échanger des tirs avec des snipers postés dans des immeubles.

Les rues se sont vidées, les parents paniqués sont venus chercher leurs enfants à l'école, tout le monde s'est calfeutré dans les appartements, les réflexes de la guerre civile reviennent. Le message du tandem Amal-Hezbollah est clair : « Choisissez : soit une nouvelle guerre civile dévastatrice, ou la fin de cette enquête par n'importe quel moyen. » N'importe quel moyen ? Oui, n'importe lequel. Enfreindre la loi, faire taire les témoins gênants par intimidation ou meurtre. Absolument, n'importe quel moyen.

Le bruit des tirs de roquettes s'éloigne tandis que Sam porte Taline. Antonella les suit de près. Ils traversent une rue et entendent crier.
- Elias ! Elias !
Antonella poursuit tête baissée sans prêter attention aux cris. Sam accélère. La personne qui crie le prénom les rejoint alors. C'est une femme corpulente d'une cinquantaine d'années, le visage barré de lunettes à gros

foyer. Elle agrippe Sam par le bras tandis qu'il essaie de se dégager.

- Elias, tu es vivant ! Où étais-tu passé ?

PARTIE 2

Février 2014

Skyline

La rue Pharoun est bloquée à la circulation de bout en bout. Deux vielles dames en robes et mantilles noires, trotinent, accrochées l'une à l'autre et se servent mutuellement de canne pour progresser sur la chaussée. C'est samedi, et comme tous les samedis, ces natives du quartier Mar Mikhaël vont assister à l'office du soir à l'église Saint Joseph. Mais au numéro dix, deux armoires en costume noir leur barrent le passage. Elles ont bien du mal en dépit de leurs invectives et de leurs menaces d'anathèmes et d'excommunication à convaincre le service de sécurité de les laisser passer. Leur détermination et les coups de parapluie qu'elles infligent aux mollets des agents dans un combat disproportionné ont raison de ces derniers, qui ont l'impression que leurs propres grand mères autoritaires ont investi le corps des deux petites vieilles.

C'est que vingt numéros plus loin, au niveau de la Skyline tower, un circuit orchestré avec la régularité d'une chaîne de production s'est enclenché, sous les viseurs des caméras de télévision. Passage du cordon de sécurité, arrêt milimétré de limousine au niveau du tapis rouge, ouverture de la portière passager par l'homme en noir, sortie de la voiture les deux pieds joints devant pour les femmes en robes, murmures dans la foule pour deviner la célébrité qui se présente, crépitement de flashs tels des étincelles de fer à souder, disparition des guests dans l'engrenage du portique tournant, départ du véhicule et arrivée quarante cinq secondes précises plus tard d'une autre voiture noire similaire aux vitres fumées. Sans discontinuer. Une chaîne d'assemblage précise et sacadée. Tels des agents Smiths, les vigiles de la sécurité, costume, cravate et lunettes noires, pénétrés de leur personnage, s'appliquent à souffler des "copy roger" dans leur talkie walkie et à mettre de l'huile dans les rouages de cette belle mécanique. L'opération semble de la plus haute importance et leur excès de zèle trahit l'enfant qui sommeille en eux, et qui jubile de se prendre autant au sérieux en jouant au garde du corps. Les photographes massés derrière les poteaux de guidage aux cordons rouges mitraillent en rythme les personnalités reconnaissables à leurs tenues extravagantes. Les diamants du joaillier Robert Mouawad étincellent au cou de leurs porteuses d'un soir. C'est l'un des évènements phare de la saison. Les deux vieilles s'arrêtent sur le trottoir d'en face pour admirer le show, curieuses de ce monde de paillettes et de strass. Dieu peut bien attendre un peu. Se tenant par le bras, elles semblent ahuries du spectacle qui s'offrent à elles, de cet autre monde dont elles ne sont pas. L'une glisse à l'autre en confidence : je crois que c'est l'inauguration du gratte ciel du fils de Sofia Elkhouby.

Dans ce Beyrouth d'après guerre civile, cette soirée mondaine est un symbole. Le choix du Liban pour accueillir le concours de miss Univers consacre le pays, projette aux yeux du monde, et à ceux des libanais d'abord, une dose de glamour comme une tentative de chasser d'autres images. Le choix du lieu du concours, inauguré à cette occasion réhausse encore le prestige de l'évènement. Tout est communication bien sûr, et ce skyline avant gardiste dessiné par Elias Elkhouby, le « starchitecte » comme la presse l'a surnommé, c'est l'apothéose, un message adressé au monde. Du haut de ses quatre vingt dix mètres et de ses vingt cinq étages, le nouveau gratte ciel fait de l'ombre aux modestes immeubles du quartier Mar Mikhaël. Ca n'a pas d'importance, il a été facile de convaincre la municipalité, quand on a les bonnes relations, tout s'arrange. Sa mère par contre lui a donné plus de difficultés. La tour a bien failli ne jamais voir le jour. Et finalement la voici. Six ans de construction, aucun compromis sur la qualité des matériaux, ni sur la sécurité, dont les normes drastiques sont imposées par la société foncière Solidere. Le skyline tower ne rivalise pourtant pas en hauteur avec les autres grattes ciel de la ville, non, c'est sa forme qui le distingue, qui alimente les conversations passionnées de ses détracteurs et de ses partisans. Son allure de robot au ventre bombé, au bardage noir étincellant émaillé de motifs mats qui rappellent des micro processeurs, sa tête carrée de trois étages surmontée de deux canons dressés vers le ciel et dirigés vers la mer, tout dans sa structure proclame son invincibilité, sa fierté guerrière, sa virilité victorieuse face à l'envahisseur. Ses immenses baies vitrées surplombant le port et le front de mer, son toit sur lequel une piste d'hélicoptère est installée, tout parle du luxe ostentatoire que la ville ambitionne de se donner.

Le centre ville de Beyrouth est en train de parachever sa reconstruction, initiée presque quinze ans plus tôt par son ancien président assassiné, Rafic Hariri. Convertie en îlot touristique de luxe, les nouveaux buildings du centre ville ont remplacé les gravats des immeubles éventrés mais aussi quelques bâtiments historiques. Les rues sont méconnaissables, seule la lumière particulière qui pare Beyrouth est restée la même. Le Skyline tower est à l'image de la politique de densification et de modernisation du moment. « Beyrouth, mille fois morte et mille fois revécue » disait la poétesse Nadia Tuéni, ou comme le prétend la légende populaire « sept fois détruite et sept fois reconstruite ». Quelques personnes se sont élevées pour protester contre la destruction de bâtiments représentatifs de l'architecture beyrouthine, contre « ce carnage culturel », comme le clâme la propriétaire du palais Syrusk à quelques rues de là, toujours aussi énergique malgré ses quatre vingt ans. Elias s'en est fait une ennemie, elle qui avait soutenu son début de carrière et lui avait confié la rénovation de deux bâtiments. Il lui a envoyé un carton d'invitation pour la forme. Elle lui a fait parvenir une longue réponse. « Elias, à l'heure du bilan, j'espère que vous pourrez continuer à vous regarder dans une glace. Vous connaissez ma façon de penser, je n'approuve pas le changement que vous avez opéré dans vos choix. Ne cédez pas aux sirènes des promoteurs. »

- Thamis ! Thamis ! Par ici ! Thamis !
Les photographes au bord du tapis rouge alpaguent la célèbre chanteuse aux records de ventes. Elle s'arrête, main sur la hanche, sourit. Les flashs crépitent. Sa robe en transparence a distrait malgré leur professionalisme les agents de la sécurité. Elle produit le même effet sur les photographes qui se réjouissent par anticipation de l'accueil que recevra leurs tirages.
Thamis Berkhane se dirige alors vers le coin presse. Les questions fusent en même temps, c'est à qui parle le plus fort. Etes-vous heureuse d'être ici ce soir ? Avez-vous une préférence pour une des miss ? Quel couturier a confectionné votre robe ? Comment allez-vous choisir la prochaine miss Univers ? Elle reste silencieuse.
- Pour quelle raison avez-vous finalement accepté d'être membre du jury ?

Thamis regarde la personne qui vient de l'interpeler et se rapproche. Elle le connait bien, c'est Aymen El Din, le correspondant culture de l'Orient-Le-Jour. Il a écrit il y a quelques années une critique sur son avant dernier album. Une critique qui l'avait blessée sur le moment où il analysait les faiblesses du virage pop qu'elle avait entrepris et détaillait la pauvreté musicale du premier single qu'elle avait sorti. Longtemps après, après le semi échec de cet album, elle avait reconnu la justesse de cet article, et à la relecture le fait que les mots choisis étaient factuels, précis et ne contenaient aucune attaque personnelle. Elle avait pris l'initiative alors de contacter Aymen. Ils ont par la suite entamé une correspondance épisodique. Lorsqu'elle a besoin d'un retour objectif, elle sait pouvoir compter sur son retour sans filtre, il fait partie des personnes en qui elle avait confiance. Ils se sont peu vu pourtant, guère plus de cinq ou six fois en tout. C'est Aymen qui avait transmis à Thamis la proposition d'Elias de devenir présidente du jury de miss Univers. Après son premier refus, Elias avait demandé à Aymen d'insister, ce qu'il s'était refusé de faire. Le fait que Thamis accepte finalement ce rôle avait surpris Aymen, et Elias avait refusé d'expliquer comment il était parvenu à la faire changer d'avis.

Tout ce que Beyrouth compte de célébrités et de personnalités en devenir s'est donné rendez-vous ce soir là. De nombreuses personnalités étrangères ont aussi fait le voyage. Un concours d'exhubérance. Les demi célébrités ont intrigué pour être présentes. La starlette Amanda a fait le siège de l'attachée de presse d'Elias Elkhouby qu'elle connait par l'intermédiaire de sa prof de théâtre, pour se procurer le sésame d'entrée. Comme ça n'a pas fonctionné, elle est allée jusqu'à soudoyer un livreur pour prendre sa place et avoir accès à Lina, le bras droit d'Elias, son ombre, son alter égo. Ce qui a eu le don d'exaspérer Lina, qui a une allergie prononcée aux paillettes et regarde cette course au show off de façon désabusée. Elle s'apprêtait à la congédier lorsque Elias est rentré dans le bureau. Il a toujours eu du respect pour les personnes qui se donnent les moyens de réussir et qui forcent leur chance. La bonne étoile d'Amanda veillait.

Les happy fews sont conviés au cocktail d'avant spectacle au penthouse du vingt troisième étage avec sa terrasse panoramique de cent soixante mètres carrés avec vue époustouflante sur la montagne Sannine. Les déclassés devront se contenter de patienter dans la salle où les sièges des VIP sont identifiés d'un bristol enluminé. Mais au vingt troisième étage ou dans la salle, bruisse la même rumeur. La même question se répand comme un domino géant qui se ramifie : quand et à quel bras Elias Elkhouby, membre du jury des miss Univers fera-t-il son apparition ? Les spéculations les plus folles enflent depuis trois jours. Ils n'ont encore rien vu.

- Elias, tu prends laquelle ? La jaguar ou la porsche?
- La jaguar, Lina, je pense. Tu valides ?
- Bon choix. Elle sera avancée devant le vestibule dans vingt minutes.
- Notre invitée est arrivée ?
- A l'instant, elle t'attend dans le grand salon.
- Dis lui que j'arrive. La cérémonie a commencé ?
- Tout le monde est en place, ils n'attendent que vous, le présentateur vient d'annoncer comme convenu qui t'accompagne.
- Excellent, merci Lina. Tu es parfaite comme d'habitude.
- Pas de cirage de pompes avec moi, tu sais bien.
- J'oublie toujours.

Elias Elkhouby soigne son arrivée. La dernière chose qu'il supporte, c'est de laisser les gens indifférents. Ses fans crient au génie, voient en lui un visionnaire post moderne, ses détracteurs un gourou un peu cynique.

Dans le double salon cathédrale de sa luxueuse villa, une sculpture monumentale d'un pouce de César focalise l'attention et partage la pièce. Autour du premier espace, les canapés dessinés par un designer italien invitent à la détente, sur la table basse en marbre les hampes d'une orchidée rare viennent chatouiller des ouvrages spécialisés sur les montres de luxe. Sur les consoles encadrant les baies vitrées donnant sur les hauteurs, les photos d'Elias souriant à côté de Bono, de Clinton, de Bush, de Sean Connery cotoient les coupes et les médailles de marathons, d'iron man et de course automobile. A quarante six ans, sa capacité physique ne lui permet plus les mêmes performances qu'avant, il se concentre sur des disciplines où il sait être capable de finir premier. Il se consacre maintenant au golf et au parapente et y excelle. La compétition, il a ça dans le sang, c'est son carburant, son adrénaline. Elias ne peut retenir un soupir de triomphe en imaginant la réaction de son concurrent de toujours, l'architecte Daniel Haddad lorsqu'il le découvrira au bras de la star mondiale. Difficile qu'il le surpasse après ça au niveau trophée.

- Chère Monica, vous êtes superbe. Ce fourreau noir est un écrin de votre beauté, murmure-t-il à l'actrice en se penchant dans un baise main appuyé. Votre présence ce soir nous honore, elle fera parler d'elle longtemps.
Son avant bras laisse apercevoir sur sa peau bronzée une montre n'existant qu'en trois exemplaires dans le monde et le début d'un tatouage du dieu grec Zeus.
- Toujours aussi gentleman Elias, heureuse de vous revoir.

Ce qu'Elias Elhkouby veut, rien n'y résiste. Avec l'aide de son attachée de presse et de son adjointe Lina, cela fait des mois qu'ils préparent ce coup d'éclat, qu'ils nouent les contacts en coulisse, influencent, orientent les décisions. L'idée de coupler la soirée miss Univers et l'inauguration du Skyline a germé après que Daniel Haddad ait réussi à faire venir le président du conseil et deux ministres pour poser la première pierre d'un siège social dont il a obtenu le contrat. Il lui faisait trouver une autre idée, plus impressionnante, plus brillante, quelque chose qui marque les esprits et assoit sa réputation. Un évènement qui le positionne loin devant, avec un effet de surprise pour ne pas être doublé, il se méfie de lui, et de ses autres concurrents d'ailleurs. Braquer les projecteurs sur son travail, faire de l'inauguration du Skyline un moment inoubliable, récolter cette gloire dont il n'arrive pas à s'étancher. Tout est calculé dans les moindres détails, les fuites dans la presse il y a trois jours, la rumeur alimentée de la présence surprise d'une invitée de classe internationale, la tension sur le moment de sa venue, les spéculations qui alimentent les discussions, les personnes « bien informées » qui prétendent savoir. La présence de Monica est le secret le mieux gardé. Six organisateurs incontournables, le présentateur, trois cadreurs et le chef plateau mis dans la confidence ont signé un document de confidentialité d'au moins cinquante pages.

Toujours invariablement vêtu de noir, sarouel vissé dans de hautes bottes, sa marque de fabrique, le regard intense, habité, l'architecte, épris de radicalité se dirige vers l'entrée au bras de la plus belle femme du monde. Il jubile intérieurement sous un air de fausse nonchalance.

Juste à côté de la villa, la Jaguar jaillit du monte-charge de l'usine désaffectée où il a aménagé son atelier. A l'intérieur, la flotte de bolides chromés est toujours prête à être exhibée, entretenue, polie, lustrée par le mécanicien qu'il est fier d'avoir piqué à Lewis Hamilton : deux porches Carrera, une Austin healy cabriolet, une BMW fuselée, et la réplique de la moto de Tom Cruise dans mission impossible, au guidon de laquelle il débarque au bureau chaque matin.

Trois heures plus tard, l'actrice pose une tiare étincelante sur les cheveux laqués tirés en chignon d'une miss émue dont la beauté et le déroulement de la soirée laisse penser à tort qu'elle est juste belle. Les caméras de télévision s'éteignent. Les membres du jury, dont Thamis Berkhane et Elias Elkhouby montent sur scène féliciter la nouvelle miss couronnée. Le regard que ces deux derniers se jettent ne contient pas une once d'affection.

Rhosus

Au même moment, à trois cent mètres de la Skyline tower à vol d'oiseau, Volodymyr rêve de liberté.
- *Faire passer lettre à mon fils, please?*
A mi-chemin sur la passerelle du bateau, dans les quelques mots d'anglais qu'il connaît, il remet le mot à Joseph Skaff, l'officier du port qui a pris en pitié l'équipage maudit, et les ravitaille en nourriture une fois par semaine. Depuis que leurs passeports ont été confisqués et qu'ils ont interdiction de poser pied à terre.

Trois mois après son arrivée dans le port de Beyrouth, Volodymyr Ivanoff, troisième mécanicien du *Rhosus*, n'entrevoit pas la fin du cauchemar. Trois mois confinés dans cette cabine humide de trois mètres sur deux, sans fenêtre, sans voir une femme. Trois mois enfermés comme des rats, dans des odeurs de mazout, de vase et de métal rouillé, avec le capitaine russe Prokoshev et les neuf autres membres d'équipage ukrainiens. Trois mois d'impuissance à perdre espoir et graver les jours sur la porte écaillée. L'inquiétude aussi qui s'insinue dans les tripes à ne pas parvenir à avoir des nouvelles de son fils.

Ce sont des durs pourtant, des gars à qui on ne cherche pas des noises le soir, pas du genre à se lamenter et pas le profil *d'enfants de chœur* non plus. Mais pris au piège dans ce cargo de quatre vingt sept mètres de long qui prend l'eau, engourdis, ils arpentent les coursives étroites comme des tigres de zoo désoeuvrés.

La vie à bord s'étire telle un vieux tee shirt informe. Le capitaine Prokoshev s'efforce de rythmer et d'occuper leurs journées de routines d'inspections, de réparations, de quarts où par deux ils sont en charge du pompage de l'eau qui infiltre la coque. Le maître d'équipage du Rhosus, George le taiseux, des poignes faites pour briser des nuques, bricole à bord en sifflant des tubes d'Okean Elzy, son groupe de rock préféré. Il entretient comme il peut sa carrure de catcheur, la barre qui traverse la salle des machines lui sert pour faire ses tractions. Comme chacun, Volodymyr respecte sa force, son calme, sa précision qui se passe de mots, par contre il ne peut plus supporter Andrei, le chef mécanicien. Dix, vingt fois par heure il entend le bruit sec et régulier de l'ouverture de son zippo suivi du roulement de la molette pour allumer la flamme. Même sans le voir, il entend l'écho dans les coursives. Ca lui donne des envies de meurtres. Une provocation, une torture pour le rendre fou, c'est sûr. Sur ordre du capitaine, il l'ignore et l'évite comme il peut sur ce cargo prison. Mais comment se fuir alors qu'ils doivent travailler ensemble ? Juste se voir leur donne envie de se cogner dessus. Il sait que si la situation ne s'arrange pas vite, ils en viendront aux mains. C'est inéluctable. Il n'a jamais vu de chef plus pervers que ce type là.

Volodymyr a pris le jeune matelot Pietr sous sa protection, ils passent de longues heures à jouer aux cartes en rationnant leurs cigarettes. Il lui rappelle son fils. Même tignasse bouclée, même air buté, même façon de se laisser influencer drapée dans une apparence d'assurance. Il le protège d'Andrei, de ses remarques acides, de son venin corrosif. Pietr a l'âge de son garçon, vingt ans. Il vient d'Odessa, tout comme eux. Quelle malédiction plane donc sur les jeunes gens de cette ville ? Tous ceux qu'il connait démarrent mal leur vie. Pietr, emprisonné ici sur cette poubelle flottante, son fils pris dans des gangs de rue qui ont mal tourné.

Dans l'équipage, il y a aussi Igor. Volodymyr s'en veut de l'avoir embarqué dans cette aventure. Ils se connaissent depuis l'enfance. Même si leurs parcours et leurs voyages les ont tenus souvent éloignés et qu'ils n'aient qu'une seule fois embarqué ensemble pour une navigation de six mois, ils se retrouvaient à chaque escale au bar de la rue Pouchkine. Igor avait comme lui besoin d'argent, lui c'était pour des dettes de jeu. Il avait aussi besoin de se faire oublier un peu. Et lorsque l'armateur avait contacté Volodymyr et lui avait demandé s'il connaissait d'autres membres d'équipage intéressés, il avait immédiatement pensé à lui.

Volodymyr aurait du se méfier de ce contrat, il ne le sait que trop maintenant. Mais les dollars cash que l'armateur russe installé à Chypre avait avancés, impossible de les trouver ailleurs aussi rapidement. Ca faisait pourtant quelques années qu'il avait raccroché la navigation et qu'il travaillait comme manutentionnaire au marché. Et lorsque son unique enfant a été emprisonné, il a fallu trouver l'argent rapidement pour payer la caution.

Pourtant, la poisse était là, dès le début. Il aurait dû se douter de quelque chose lorsqu'il a pris son poste dans le port turc de Tuzla, en même temps que le capitaine Prokoshev, et tous les autres. Un changement complet d'équipage, c'est louche. Soit disant à cause d'un détournement de marchandise. Oui, à d'autres. C'est ce que leur a affirmé l'armateur au téléphone, de la colère dans la voix, d'un ton qui fait qu'on n'insiste pas et qu'on ne pose pas plus de questions. Par leur avocat bien plus tard, ils apprendront que le précédent équipage parti du port de Batumi en Géorgie s'était mutiné en raison de salaires non versés. Passe encore le fait qu'ils prennent la mer à dix au lieu des douze membres d'équipage nécessaires pour manœuvrer le cargo. Le capitaine leur a dit que l'armateur ne trouvait pas d'autres matelots disponibles. Ils sauront manœuvrer le cargo, нет проблем pas de problème, avait affirmé le capitaine. C'est comme ça que Prokoshev avait gagné son surnom, pour cette phrase qu'il prononce à chaque coup du sort, le « capitaine нет проблем *Pas de problème* ». Volodymyr lui faisait confiance, à ce gars débrouillard presque à la retraite, le genre pensait-il à flairer les plans galère, le genre à savoir où mettre les pieds.

C'est après l'escale du *Rhosus* dans le port grec du Pirée que les ennuis ont vraiment commencé. Tous les contrôleurs maritimes des ports méditerranéens connaissent bien la réputation de ce cargo de presque trente ans, il est sur leur liste noire depuis des années. Huit fois détenu suite à des inspections dans différents ports, il a changé régulièrement de pavillon, le dernier en date est moldave. Il appartient à un homme d'affaire chypriote qui figure dans le scandale des Panama Papers parmi le gratin de la finance offshore et du blanchiment d'argent. Mais ça, Volodymyr ne le sait pas. Parmi toutes les avaries techniques, cette fois c'est une voie d'eau, un trou dans la coque qui a retenu l'attention. L'armateur n'a pas pu la réparer faute d'argent. « нет проблем *Pas de problème* » avait dit le capitaine, qui a alors ordonné le pompage sans interruption. Puis l'armateur n'a pas pu payer les fournisseurs de carburant. Toujours pas d'argent. « нет проблем *Pas de problème* », le capitaine a réussi à échelonner leur dette et obtenir un moratoire. Ils ont fini par repartir. L'équipage a commencé à sérieusement s'inquiéter pour leur paie et cette mission qui s'allonge, surtout les plus jeunes, Youri et Pietr dont c'est le premier contrat. Seulement partir à ce moment là équivaut à renoncer à tout : la paie est versée en fin de mission.

Le capitaine et l'armateur se sont souvent appelés pendant la traversée après la Grèce. La ride du front du capitaine *нет проблем* s'est creusée. Une histoire de rentabilisation de la traversée. L'armateur veut embarquer une cargaison supplémentaire. Le capitaine s'inquiète du tonnage presque dépassé et hésite à embarquer plus de chargement avec la voie d'eau non réparée. L'armateur finit par le convaincre, l'argent permet d'envisager des solutions audacieuses.

La mer est grosse ce 19 novembre 2013, des creux de sept mètres. Des rideaux de pluie, un déluge gris chargé d'éclairs, des eaux d'un vert sale qui se confondent avec le ciel. Le Rhosus est au large du Liban. En début de matinée, sur ordre de l'armateur, l'équipage simule une avarie moteur afin d'être remorqués dans le port de Beyrouth. Avec sa mauvaise réputation, les autorités du port n'auraient sinon jamais autorisé l'escale du Rhosus. Mais l'armateur a absolument besoin de cet arrêt dans ce port. Alors cette idée pour forcer le destin, c'est du génie. Le cargo est finalement reçu au quai 11. La cargaison ne vaut presque rien : 2750 tonnes de nitrate d'ammonium dans sa forme pure, concentrée à 34,7% d'azote. Elle doit être acheminée au Mozambique pour la société Fabrica de explosivos, officiellement spécialisée dans les explosifs civils – et accesoirement diversifiée dans le trafic d'armes et de fourniture d'explosifs à des organisations terroristes. L'acheminement n'est pas assez rémunérateur. L'armateur s'est mis en contact avec Cogic Consultants, une société beyrouthine qui a besoin de convoyer en Jordanie du matériel d'imagerie sismique loué par le ministère de l'énergie libanaise pour des campagnes de recherche de pétrole et de gaz onshore. L'occasion idéale pour rentabiliser le trajet. Un gros coup à faire. A l'équipage, le capitaine explique que l'arrêt est nécessaire pour payer le passage de Suez, et que l'armateur a prévu une prime supplémentaire pour chacun à la livraison de la nouvelle cargaison. « Je vous avais dit, нет проблем *pas de problème* » leur avait lancé une dernière fois le capitaine avec un clin d'œil.

La descente aux enfers ensuite, comme des sables mouvants dans lequel tout mouvement vous enfonce inexorablement : le premier engin de recherche sismique perfore la voute entrainant la perte d'étanchéité de la cale, et à partir de là, la spirale s'enclenche : les inspections du navire, la plainte des deux sociétés greques de fuel maritime pour non paiement de la livraison du Pirée, leur demande de saisie conservatoire, le certificat de navigabilité retiré par le service d'inspection des navires.

   Comme si ce cauchemar n'était pas suffisant, depuis un mois, l'armateur ne répond plus. Le capitaine et l'équipage finissent par apprendre sa banqueroute. Il s'est volatilisé au moment de régler les frais d'accostage, les droits de port, les réparations et surtout leurs salaires. Plus de ressources donc et une loi libanaise sur l'immigration qui leur interdit de sortir du navire. Très vite Volodymyr et ses collègues se retrouvent à court de vivres, à connaître la faim, la soif, le manque de tout, à commencer par la liberté.

- Capitaine, nous sommes en danger. La cargaison est dangereuse.
Pietr est agité, il transpire, il porte sa main à son front dans des gestes saccadés, ses yeux s'agitent dans tous les sens. Il vient de frapper à la porte du capitaine et se tient dans l'encadrement. Le capitaine a toutes les peines du monde à le calmer. Il lui fait signe de se taire et d'entrer.
- Mais non, de quoi parles-tu ? J'ai souvent transporté du nitrate d'ammonium, il ne peut rien arriver.
- Quand je lui ai dit ce qu'on avait à bord, mon frère m'a renvoyé ce message. Je viens de le recevoir. Il m'a dit de me méfier et de me barrer aussi vite que possible. Il dit que notre cargaison est explosive. Que pleins d'accidents

sont déjà arrivés, et des graves. Au port de Texas City, il y avait un bateau qui transportait bien moins de nitrate d'ammonium que nous, il y a eu une explosion. Plus de cinq cent quatre vingt morts. Cinq cent quatre vingt morts, vous vous rendez compte ? Et des explosions de nitrate d'ammonium graves, il m'en a donné plein d'autres exemples, l'Ocean liberty, le site AZF en France. Je ne veux pas finir en confettis éparpillés dans le port.
- Nous ne risquons rien, je te dis. Fais moi confiance. Les sacs sont étanches.
- Nous vivons dans une bombe flottante.
- Pietr, je te redis que nous ne risquons rien. Si tu veux que cela se passe bien pour toi par contre, tu arrêtes avec ça, tu te tais, tu n'en parles à personne. J'ai écrit au président Poutine. Je lui ai déjà envoyé trois lettres. Il va finir par nous sortir de là, pas de problème. Nous devrions avoir des nouvelles du consul bientôt. En attendant, je t'ai à l'œil. Ne t'avise pas de raconter tes histoires à qui que ce soit. Tu m'as bien compris ?
La ride du capitaine se creuse encore. La dernière chose dont il a besoin, c'est d'un équipage qui panique. De cauchemardesque la situation deviendrait incontrôlable.

Une semaine après cette discussion, le consul ukrainien a fait le déplacement jusqu'au Rhosus. En ce matin glacial de février, il est passé devant les banderoles en anglais et en russe suspendues à la passerelle. Il a vu les

lettres tracées avec application à la règle « Lebanese release us home » «линзы выпускают нас домой ». Le capitaine l'accompagne dans la salle du réfectoire exigüe, et lui offre un café en poudre qu'il refuse poliment. L'équipage y est déjà réuni, les conversations en russe s'arrêtent à son arrivée. Tous sont chaudement couverts, le chauffage ne fonctionne plus. L'atmosphère surchargée d'odeurs de mazout et d'humidité est tendue.
- J'ai une semie bonne nouvelle leur annonce-t-il. J'ai obtenu le rapatriement immédiat de six d'entre vous. Les autres par contre doivent rester pour gérer le bateau le temps de trouver une solution.

A cette annonce l'air s'est densifié, les corps crispés digèrent l'information, ses conséquences, sa binarité : ici enfermé ou libre au pays dès la fin de la semaine. Très vite les yeux se tournent vers le capitaine, neuf paires d'yeux suspendus à la décision d'un homme.
- George, Andrei et Volodymyr, vous resterez avec moi pour vous occuper du Rhosus. Les autres, allez préparer votre sac, vous allez pouvoir rentrer.

Volodymyr regarde Pietr et Igor sans un mot, avec l'impression d'avoir chuté de plusieurs étages, et de les regarder s'éloigner sans pouvoir s'agripper à eux. Que dire dans ce cas là qui atténue le désarroi de rester et la culpabilité de partir ? Rien. Tout se dit dans la poignée de main vigoureuse et la petite claque sur l'épaule qui scellent le départ de Pietr et Igor.

Lina

Il y a une petite brisure rauque dans la voix de Lina qui la rend reconnaissable au téléphone, un phrasé chaloupé, une diction avec une pointe d'accent où les *R* roucoulent. On s'imagine un physique en rapport avec cette voix, une grande liane élancée, des yeux de panthère racée, des mains manucurées et une bouche pulpeuse carminée. Mais lorsqu'on la rencontre pour la première fois, le décalage entre son physique et sa voix surprend. Elle n'a rien du profil de la jolie assistante sexy qui sert le café et prend les messages en quatre langues. Sa myopie prononcée lui donne une posture étrange lorsqu'elle courbe le dos pour lire un dossier à quelques centimètres de ses yeux, ses lunettes aux montures austères noires aggrandissent et déforment telles des loupes ses yeux couleur noisette. Une nouvelle phrase de sa part et l'on se pince pour se convaincre que cette voix appartient bien à ce corps. Un acné sévère pendant son adolescence a semé des petits cratères sur ses joues et son front.

Ils forment un binôme étonnant. Lorsqu'on les voit travailler ensemble, c'est leur contraste qui saute aux yeux. Il cherche à briller, elle se fait discrète. Il a un goût du luxe, de l'apparence, elle porte toujours des habits informes qui sembent avoir déjà habillé deux générations. Lina, c'est la seule exception qu'Elias a consentie par rapport à l'image qu'il veut façonner de lui. Leur point commun, c'est leur capacité de travail. « Vous voyez les détails avec Lina », c'est souvent la réponse qu'obtiennent les interlocuteurs d'Elias. « Avez-vous validé cela avec Lina ? Revenez me voir après.»

Elias a besoin de se relancer sur un nouveau projet suite à l'inauguration du Skyline. Un projet d'une aussi grande ampleur. Il a rendez-vous ce matin dans son bureau de la tour Skyline où il vient de déménager son cabinet d'architecture avec deux entrepreneurs spécialisés en étude de sol géotechnique, et le moins que l'on puisse dire, c'est que le rendez-vous ne se déroule pas comme il le souhaite.
- C'est inadmissible d'être aussi lents, leur dit-il en les pointant du doigt. Quand disposerez-vous des conclusions géotechniques? Ca me bloque pour lancer le projet.
- C'est-à-dire que votre assistante freine l'avancée de notre rapport.
- Comment ça « freine » ?
- Nous avons envoyé notre liste de questions techniques et elle tarde à vous les soumettre.
- La liste SB05 ?
- Oui celle là.

- Vous plaisantez j'espère, Lina vous a envoyé nos réponses il y a deux semaines.
- Sauf votre respect, elle n'a pas les connaissances techniques suffisantes pour un enjeu aussi complexe. Il faut que cette liste soit impérativement complétée par votre comité d'experts.
- Le jour où vous aurez le quart de ses compétences techniques, nous en reparlerons. J'ai vingt cinq personnes sous mes ordres, sans compter les sous-traitants. A part elle, il y en a peut être qui deux qui comprennent vraiment la portée de ce que je veux faire, les autres me regardent béats et n'ont absolument rien pigé. J'ai visé la liste, je n'ai absolument rien eu à ajouter ou modifier. J'attends votre rapport sur mon bureau demain matin ou je change de cabinet.

En refermant la porte, le deuxième entrepreneur chuchote au premier, penaud :
- Tu vois, je t'avais prévenu...

Elias de son côté est déjà en ligne avec Lina.
- Lina, il faut qu'on avance plus vite sur ce projet de siège social, je veux marquer les esprits et enchaîner après le Skyline. Appelle les gars de GéoTec, ils sortent de mon bureau, mets leur la pression à cette bande d'incapables endormis pour que leur étude soit bouclée demain.
- Et toi revois le plan pour le lobby, il manque encore de prestance et d'audace. Tu as vu l'atrium d'inspiration forêt qui vient d'être inauguré dans le nouveau centre d'affaires en

Israël ? Tu peux sortir une version plus organique pour contraster avec la minéralité du Skyline. Cette version ressemble trop à ce que tu as déjà fait.

Lina et Elias se sont connus en 1996, quelques années après le retour d'Angleterre d'Elias, d'où il est revenu *graduated with honnors* de l'University College London, l'école la plus côtée au monde en architecture. Le diplôme enluminé figure toujours dans son bureau, à côté des prix qu'il a reçu. C'est à l'University College qu'Elias a rencontré son compatriote Daniel Haddad. Leur nationalité commune, loin de les rapprocher, a exacerbé leur goût pour la compétition. Les deux avaient alors enchaîné coups bas, revanche et actions d'éclat, comme une partie d'échec où il ne peut y avoir qu'un vainqueur. Une histoire de projet de fin d'étude volé, toujours pas tiré au clair, a fini par celler leur inimitié viscérale.
De retour au Liban, chacun avait essayé de percer vite et d'obtenir la reconnaissance de la profession. Quitte à accepter des projets novateurs dans des zones à de conflit, dans un climat politique instable marqué par l'opération militaire « les raisins de la colère ». Les conditions de la rencontre d'Elias et de Lina étaient improbables, cette époque était électrique lorsqu'il y repense. Il était parfaitement inconscient, en déni complet des risques encourus. Elias raconte volontiers sa version. Il était en train de réaliser son premier

contrat dans la banlieue sud de Beyrouth. Des échanges de roquettes entre Israël et le Hezbollah avaient mis le feu aux poudres et réveillé les tensions. Israël avait décidé du bombardements de la région est de Békaa et de la banlieue sud de Beyrouth. Malgré les avertissements, malgré sa mère qui avait cherché à le retenir, il avait tenu à voir si les bombardements qui duraient depuis deux semaines avaient endommagé le bâtiment qu'il était en train de construire. Soulagé de le voir miraculeusement debout dans ce quartier ravagé, il avait été surpris sur le chemin du retour par une explosion. Coincé sous des décombres, il a senti sa dernière minute se présenter et dans un cri où il a mis tout ce que ses poumons contenaient d'air, il a hurlé sa présence. Ce souvenir reste encore aujourd'hui très précis. Il lui suffit de fermer les yeux pour retrouver la sensation d'effroi et d'impuissance mêlés. Il ne se souvient pas de douleur physique, pas à ce moment là. L'adrénaline était peut-être trop intense, peut-être le choc était il trop violent pour qu'il ressente autre chose. Il avait essayé de se dégager et s'était vite rendu compte que c'était sans espoir. Mais on ne capitule pas devant l'envie de vivre non ? Avant de perdre connaissance, il se souvient vaguement avoir perçu du mouvement se rapprochant de lui. Il se rappelle avoir tenté un dernier cri. A son réveil, Lina était là. Elle avait réussi avec l'aide de deux personnes à qui elle n'a pas donné le choix, à l'extraire de sous la poutre qui le comprimait. Ce qu'il ne dit jamais et qui reste leur secret, c'est là où Lina l'a retrouvé.

A un jour près, ils ne se seraient pas rencontrés. Le lendemain, un accord de cessez-le-feu était signé sous la pression de la communauté internationale.

Lina est musulmane chiite, Elias, chrétien orthodoxe. Elle finissait ses études de communication en dépit de son père qui refusait qu'elle travaille. Lina a demandé à Elias de l'embaucher à l'essai, il s'est vite rendu compte qu'elle est une des rares à pouvoir suivre son rythme effrené. Comme lui elle dort peu, ils s'appellent à n'importe quelle heure de la nuit, de préférence vers trois heures du matin lorsque leur viennent leurs idées les plus géniales. Il lui a permis d'échapper à une vie maritale dont elle ne voulait pas, elle l'a poussé à ne jamais ne contenter d'une idée suffisamment bonne. Constamment en train de se défier l'un l'autre, ils se font la courte échelle vers la réussite.

Juin 2014

(4 mois après l'inauguration du Skyline et de la soirée miss Univers)

Show off

Comme avant le début d'une représentation théâtrale, les bruissements se sont convertis en un épais silence tissé de respect et de curiosité, dans une tension dont le paroxysme explose en applaudissements à l'arrivée d'Elias Elkhouby. Lina au premier rang a des yeux d'inspectrice, elle peste et fait signe à un assistant d'amener des bouteilles d'eau à la tribune où s'est installé Elias. Sa présence était attendue comme le point d'orgue de la conférence, le feu d'artifice, la caution VIP. Dans cette semaine de colloque intitulé « Des nouvelles du front : architecture de reconstruction » consacrée à l'architecture post moderne en temps de guerre, son nom est un gage de qualité tout autant que de garantie de remplissage du public. Elias attend la fin du discours de présentation de son pedigree, de ses réalisations et de son parcours, imperturbable, mains croisées derrière le dos, le regard inaccessible perdu au loin, pieds vissés au sol dans des rangers noires, jambes légèrement écartées, vêtu de noir comme à son habitude.

Dans son introduction, le présentateur mélange pêle mêle les expressions « architecte le plus avant-gardiste de sa génération », «la fierté beyrouthine novatrice post moderne » ou encore « le chantre de l'architecture engagée ». L'auditoire ne semblait pas en avoir besoin d'autant de qualificatifs dithyrambiques, les applaudissements nourris laissent deviner un public déjà acquis à sa cause. Le présentateur l'invite à prendre place et commence son interview.

- Cher Elias Elkhouby, merci tout d'abord de votre présence parmi nous, à peine revenu de la Biennale d'architecture de Venise. Pour les quelques rares personnes qui ne vous connaissent pas encore, pouvez-vous nous décrire votre style, votre empreinte, votre spécificité ?
- Merci à vous de m'accueillir dans cette salle Jean Nouvel qui a vu s'exprimer d'éminents architectes dont je suis admiratif de la réussite. C'est un honneur que vous me faites de m'accueillir pour la clôture de ce colloque international sur une thématique particulièrement au cœur de mon travail. Ceux qui le suivent savent bien à quel point je récuse l'architecture vernaculaire. Et pourtant, construire à Beyrouth, avec son histoire si omniprésente, si imprévisible, si incontournable, m'a obligé à réajuster mes partis pris et mes convictions. En reprenant racine au Liban, au retour de mes études aux

Etats-Unis, dans le contexte politique si explosif que nous avons connu après l'opération des raisins de la colère, il m'est apparu nécessaire, résilient, indispensable d'inclure les destructions successives qu'a subi Beyrouth dans mes constructions. Je suis conscient que cette architecture palimpseste va à contre-courant des tendances d'urbanisations actuelles, et c'est en cela que réside sa force, son message au monde, sa résilience et aussi il faut le dire sa poésie. Ne gommons pas les blessures, n'esquivons pas les mutilations, n'oublions pas les traumatismes. Nous devons les magnifier, les inclure, les incorporer dans notre futur. C'est en suivant ce principe que dans le projet de réhabilitation du bar Le Leyzarn j'ai inclus, tels des tableaux en relief, les vestiges des murs survivants. C'est à la fois un devoir mémoriel et un devoir de regarder résolument le futur sans acrimonie, sans ressentiment. J'ai appliqué le même principe de réhabilitation et d'intégration des cicatrices urbaines dans le projet Trainstation. Le toit de la gare a été détruit en grande partie dans des bombardements, seuls subsistaient quelques entraits et arbalétriers. Plutôt que faire le choix de raser l'infrastructure, j'ai décidé de ne pas modifier l'épannelage malgré le pivotement d'utilisation du bâtiment, de consolider les murs et de conserver cette ouverture sur le ciel.
- *Pourtant votre Skyline, cette tour guerrière qui vous a fait connaître au monde, n'inclut pas les vestiges du passé. Elle a été construite en*

lieu et place d'immeubles rasés. Votre style a-t-il opéré un virage au contact de promoteurs immobiliers avec lesquels vous avez commencé à collaborer il y a quelques années ?

- Je suis un bâtisseur qui construit sa pensée dans le concret, pierre après pierre, au contact du réel. Je suis d'une génération de constructeurs artisans ayant fait sien l'impermanence de ce monde. L'incertitude est centrale, les réalités changent, mes convictions le reflètent. Mes certitudes d'hier se transforment au gré de ce que je vis, et ce que je pressens de ce dont notre monde a besoin. J'ai eu une longue phase où j'ai exploré l'intégration des vestiges du passé pour transmuter le futur. Et puis, maintenant que nous sommes quelques années après la fin de la guerre civile, au contact de nouveaux besoins d'usages, de reconstruction du centre-ville notamment, ma pensée a évolué, mes principes se sont transformés. Il m'est apparu indispensable de repenser Beyrouth comme un oppidum moderne, par mes constructions de protéger par une architecture guerrière l'âme et le cœur de notre ville dévastée mais renaissante à nouveau de ses gravats. De lui adjoindre une sorte de talisman guerrier, de totem protecteur. C'est en cela que la tour Skyline, en surplomb du quartier le plus proche de la mer, avec ses canons tournés vers la mer, a ce rôle symbolique de défense dissuasive de la ville.

- *Votre compétiteur, votre challengeur historique Daniel Haddad, récemment lauréat du prix Abdullatif Alfozan, parle de vous comme d'un gourou opportuniste, capable je cite « d'une architecture caméléon mensongère et vulgaire, surfant sur les effets de mode saisonniers et érigeant la controverse et la provocation à des fins de publicité ». Qu'avez-vous à répondre à ces propos ?*

La salle tient sa respiration, comme sous le coup d'un uppercut, une dissonance désagréable à l'oreille dans le concert d'éloges. Elias sourit.

- Daniel Haddad me fait trop d'honneur d'utiliser son précieux temps à s'intéresser à ma petite personne. Je crois pour ma part que défier le consensus, ne pas crier avec la meute, assumer des convictions fortes, fussent-elle à contre-courant demande du courage, car plus exposé à la critique et aux jugements à l'emporte-pièce. Daniel Haddad serait avisé de s'inspirer de cette posture résolument créative et avant-gardiste.

Toute la salle s'unit alors dans une salve d'applaudissements, soulagée et enthousiaste. Les bravos fusent, l'harmonie est rétablie. Au premier rang, Lina sourit en retour au clin d'œil d'Elias avant de se diriger vers les coulisses.

- Bon c'était pas mal.
- Pas mal ? Tu es dure Lina, j'avais le public dans la poche.
- Fais gaffe qu'elles ne soient pas trouées tes poches, tu pourrais le perdre ton public. Il n'a rien de plus infidèle qu'un public. Vraiment, il

faut que tu arrêtes avec Daniel Haddad, c'est plus possible ces règlements de compte de kinder garden. Relève le débat, arrête de te rouler dans la boue avec lui, vous êtes ridicules les deux. Tu ne peux pas conclure les derniers mots d'une conférence sur lui.
Elias hausse les épaules.
- Tu nous rejoins ce soir pour une fois ?
- Ah non, sans moi, je passe mon tour de mondanités, tu n'as pas besoin de moi pour ça.
- Tu vas encore réviser ton chinois ?
- Évidemment. L'examen intermédiaire est dans deux semaines, je ne vais pas lâcher maintenant.
- A demain au bureau alors.

*

Les pneus de la moto crissent devant l'entrée de la boîte de nuit installée dans l'ancienne gare désaffectée. Un chemin de pavés autobloquants délimité par des rails de chemin de fer y mène, éclairé de lumières positionnées en quinconce. Des rangées de grands jacarandas l'entoure. Leurs grappes de fleurs bleues semblent s'incliner avec majesté sur le passage des clubbers. Quelques regards de connaisseurs s'échangent un hochement de tête approbateur devant le modèle noir et chromé, une Ronax 500, un modèle rare. On entend même un sifflement admiratif. Trainstation Mar Mikhaël a en ce soir de juin des airs d'Ibiza. Au dessus des façades extérieures de pierre blanche couvertes de lierre, des rayons lumineux roses, mauves, bleus zèbrent le ciel. Aucun toit ne les entrave et ne les arrête. La barrière qu'ouvre le videur laisse passer quelques groupes, la foule se tasse nombreuse pour entrer, ça s'interpelle en riant, en tirant sur une cigarette.

Quelques chuchottements se répandent parmi les « patienteurs », certains ont reconnu Elias Elkhouby lorsqu'il a retiré son casque de moto. *– C'est le gars qui a construit le Skyline et le Trainstation aussi. – Ahh...* Derrière lui, en pantalon de cuir noir et bustier bleu électrique, une jeune femme dont le visage semble vaguement familier à certains. Quelqu'un se souvient et murmure, la main couvrant à moitié la bouche « *si, tu sais, la fille qui joue dans la pub pour les montres* ». « *oui, c'est ça, Amanda je crois* ».

Depuis cette soirée miss Univers il y a quatre mois, la popularité d'Elias Elkhouby a augmenté. Il lui arrive même d'être reconnu. Quelques articles de presse sont sortis sur son travail, notamment un dans *L'orient-Le-Jour*. Les invitations d'universités américaines, italiennes, françaises pour parler de son travail sont nombreuses, et la part des mondanités n'est pas négligeable. Cet après midi encore, Elias était un des invités phare du colloque international d'Architecture Post Moderne, qui se tenait cette année à Beyrouth. Elias a besoin de décompresser et savourer d'être le centre d'attention. Le couple double la file et entre dans l'édifice avec un déférant « bienvenue Monsieur Elkhouby » du videur qui vaut tous les signes de réussite.

Elias et Amanda se fraient un chemin dans l'espace où les clubbers se déhanchent sur la piste de danse délimitée par des rails qui obligent les danseuses en talon haut à poser leurs pas avec attention quand elles vont se raffraîchir. Sur la piste, d'étranges personnages futuristes, casqués, combinaisons blanches parsemées de leds fluorescents distribuent des goodies-bracelets phosphorescents au nom de la boite. Tout autour, sur des bidons transformés en mini-scènes, des danseuses professionnelles se répondent dans une chorégraphie étudiée. Toute la décoration est pensée en déclinant les codes de l'ancien lieu. Les banquettes constituées d'anciennes roues motrices entourent le patio où les personnes dansent, une vieille locomotive a été reconvertie en bar, la carte des boissons se présente comme un panneau d'arrivées, même les cocktails prennent des noms ferroviaires « One way ticket pour Raha – ananas, malibu, rhum, grenadine », « aller retour Paris – gin, curaçao, citron vert », « First class – Gin, martini rouge, martini blanc, jus d'orange».

Ils rejoignent le carré VIP où Elias va saluer les organisateurs de la conférence et les quelques connaissances qui les attendent déjà. D'une poignée de main et d'une tape bien appuyée sur l'épaule, le présentateur le félicite pour son succès. Quelle prestation ! lui dit-il. Quelle qualité de questions ! renchérit Elias. La nuée de curieux et d'admirateurs se presse autour d'eux les cachant par intermitance, tel des branches de saule pleureurs agités par le vent. La musique forte couvre le brouhaha. Aymen El Din, le journaliste culture de l'Orient-Le-Jour est en discussion avec un confrère vers le bar, un verre de jallab à la main. Lorsqu'il se retourne vers l'espace privatisé, son corps se raidi et son sourire se fige.

   David Melkem, le célèbre mécène et propriétaire du palais Syrusk, alpague Elias.
- Quelle conférence de qualité cet après midi. J'apprécie toujours autant vous entendre parler du métier.
- Merci David. J'avais espéré voir votre mère.
- Vous la connaissez. Elle avait refusé votre invitation à l'inauguration du Skyline. Pour elle, vous êtes « le pape du palimpestre ». Depuis que vous avez arrêté de réhabiliter des patrimoines et que vous travaillez sur des projcts de gratte ciel, rien de ce que vous construirez ne trouvera grâce à ses yeux. C'est une puriste sans concession.
- J'espère qu'elle me rendra un jour son amitié.
- Ma mère est une vieille dame charmante mais têtue, je ne voudrais pas vous laisscr de faux espoirs. Mais s'il vous prend l'idée de

réhabiliter un palais, nul doute que vous reviendrez dans ses bonnes grâces.
- Beyrouth change, les mécènes et les entrepreneurs préfèrent la hauteur et la modernité.
- Je comprends Elias, je ne vous en blâme pas. Je reste un fervent admirateur de votre travail, quelque direction qu'il prenne, nous différons en cela avec ma mère. Je lui transmettrai vos amitiés malgré tout.
Aymen El Din passe à quelques mètres d'eux. David l'aperçoit et le hèle.
- Aymen, viens que je te présente la star du jour ! Sa réputation est forcément déjà venue jusqu'à toi, pourtant je ne crois pas que tu lui aies déjà consacré un article.
David surprend un échange regard chargé d'hostilité.
- Vous vous connaissez ?
- De vue seulement, s'empresse de répondre Aymen.
- Aymen, je te présente Elias, et réciproquement, formalise David.
Les deux hommes inclinent légèrement la tête. La tension se suspend le temps de cette pause de regard.
- Votre amie vous cherche, je crois, dit alors Aymen à Elias en lui indiquant du menton Amanda qui vient vers eux deux coupes à la main.
La trace d'ironie interpelle David sans qu'il n'en comprenne la raison.

Elias ne sait plus où regarder et perd sa contenance habituelle.
- Je vous prie de m'excuser, dit-il en s'échappant vers Amanda.

   Elias et Amanda se dirigent vers la piste de danse lorsqu'ils se heurtent à Daniel Haddad qui semble se mettre délibérément sur leur chemin.
Leurs regards se sont harponnés, se mesurant, se défiant, refusant de cligner des yeux, et encore moins de les détourner. C'est comme si cette joute visuelle absorbait et concentrait les beats et tempos saccadés aux alentours. Une ambiance de far west irréelle dans une boite de nuit bondée et bruyante. Daniel Haddad franchi lentement les derniers mètres les séparant, les yeux plantés dans ceux d'Elias. La petite amie de Daniel le suit. Elle ne connait manifestement personne, ses yeux balayent la salle, les gens, la piste de danse incessamment.

- Bravo pour l'inauguration, clinquant ! Et Monica, impressionnant ! Elle n'est plus là ? Elle s'est déjà lassée de toi ? Tu redonnes dans la petite starlette du coup ? Tu as raison, c'est plus à ton niveau.

   Les torses se contractent et se bombent, les poings se serrent et les yeux se plissent d'adrénaline. Spontanément, les personnes autour d'eux les entourent, les éloignent, les retiennent d'une suite qui serait prévisible.

Daniel tente une autre remarque, aiguillonne encore une fois.
- Ta petite cour te protège, tu n'as rien à dire ?
Dernier mouvement de buste avant que les personnes qui entourent Daniel l'accompagnent chercher un verre.

Elias s'approche de la copine de Daniel qui ne l'a pas suivi au bar. Elle lui dit s'appeler Stella, être comédienne. Il l'interroge sur ses projets dans la vie, s'intéresse au contrat qu'elle espère décrocher, lui souhaite bonne chance. Il l'invite à danser et rejoignent la piste loin de l'espace VIP. Au bar Daniel ne peut pas les voir. Encore deux danses, et Elias lui propose d'aller voir la vue sur le rooftop du Skyline. Amanda a fait son temps. Il a de toute façon depuis longtemps rempli sa part du contrat avec elle et il est bon qu'il entretienne sa réputation de séducteur.

Huis clos

Lâchés de tous côtés, englués dans un ping pong administratif dont l'équipage du Rhosus n'a pas les moyens financiers de se sortir, l'atmosphère est sombre sur le cargo. Le capitaine continue d'écrire tous les mois à Poutine, septième lettre sans réponse : *« Notre condition est pire que celle de prisonniers. Les prisonniers connaissent la fin de leur peine, eux, ils savent lorsqu'ils seront libres, nous, nous ne le savons pas ! ».* Le plus dur, c'est l'absence de perspectives, la perte d'espoir, l'inertie qui s'étire sans fin, les intérêts de tout un tas de gens dont les noms défilent, les contrôleurs portuaires, le juge des référés, le directeur général du ministère des transports, le directeur des douanes, l'inspecteur de la sécurité, le responsable du port, l'armateur, tout un tas de gens qu'il a envie de tabasser et qui dorment au chaud dans leur lit, qui peuvent marcher comme ils veulent dans la rue, boire une bière avec des amis, manger un vrai repas, tout un tas de gens qui bloquent, se renvoient la balle, refusent de trouver des solutions, laissent filer le temps. Souvent, le soir, il regarde pensif les rayons lumineux colorés qui barrent le ciel tels des projecteurs de cinéma, écoute les bruits étouffés de musique électronique qui lui parviennent et se dit que à quelques mètres de lui, la jeunesse d'ici fait la fête, elle est à des kilomètres de ses préoccupations. La porte rouillée est remplie de trait blancs, le mois de juin est déjà là, et à part la chaleur que l'équipage apprécie après un hiver sans chauffage, rien n'évolue.

- J'ai parlé à Joseph Skaff, l'officier des douanes. Son alerte en février sur la dangerosité de la cargaison n'a rien donné, sa hiérarchie ne veut pas entendre. Il faut qu'on essaie autre chose. Il m'a parlé d'un cabinet d'avocats qui pourrait les faire réagir. Mais sans argent, pas d'avocat. De toute façon, on doit en trouver aussi pour manger, l'armateur nous a bel et bien lâché, on va devoir faire le deuil de nos salaires.
- Capitaine, j'ai peut être une solution. J'ai discuté avec un gars du port. Il connait quelqu'un à qui on pourrait vendre notre carburant et aussi, si on est discrets, un peu de notre stock de nitrate d'ammonium.

Le capitaine tape sur l'épaule d'Andrei.
- нет проблем, *pas de problème* Andrei, tu avances avec le gars du port, on a besoin de cet argent. Moi je contacte les avocats aujourd'hui, on ne croupira pas ici.

Le premier phare dans cette nuit sans fin s'est allumé lorsque l'avocat du cabinet Baroudi & Associate a réussi à organiser l'inspection du navire en avril. Les contrôleurs mandatés constatent que le navire risque de couler à quai. Fort de cette inspection, le cabinet saisit le juge qui autorise le passage en cale sèche du Rhosus après avoir déchargé et stocké la cargaison dans un lieu convenable, sous protection du ministère des Transports et des Travaux publics. Le temps des réjouissances est de courte durée pour l'équipage du Rhosus. Malgré le jugement, rien ne bouge. Le cargo reste à l'eau, le pompage de fortune continue. Les hommes sont exaspérés, fatigués. Les disputes pour des broutilles s'enchaînent. Le cabinet retente une nouvelle action pour notifier aux autorités le risque d'explosion à bord de la cargaison. Quant au colonel Skaff, depuis sa lettre directement adressée au président du Liban, les hauts gradés du département des douanes font de sa vie un enfer.

- Ne m'adresse plus jamais la parole ou je t'achève ! hurle Volodymyr les veines saillantes, un œil amoché, les cheveux hirsutes, le pull déchiré. Le capitaine le retient en le ceinturant à la taille pendant que ses poings serrés s'agitent dans le vide.
Sans un mot George relève Andrei, sonné, et le conduit à sa cabine. A bord, la tension entre ces deux là n'a fait qu'augmenter au fil des mois d'enfermement. Sept mois maintenant qu'ils n'ont posé pied à terre. Il a suffit d'une nouvelle remarque ironique d'Andrei sur sa « vermine

de fils » pour que Volodymyr explose. Il est sans nouvelles de lui depuis que Pietr lui a fait passer l'information de la nouvelle incarcération de son fils. Une affaire de drogue cette fois. Volodymyr enrage d'être impuissant ici.

Dans ce huis clos qui s'éternise, le capitaine se concentre sur la concertation avec les avocats, et ses échanges avec Joseph Skaff que cette situation révolte. Ce dernier se met à risque, pointe sans relâche les défaillances et les non applications des jugements à sa hiérarchie. Il a déjà reçu deux blâmes pour cela. Il est question qu'il soit mis à la retraite, il n'a pourtant que 52 ans.

Aymen

Aymen frappe à la porte vitrée du bureau de Lina et entre sans attendre la réponse.
- Salut Lina
- Ah, salut, j'allais me préparer un thé à la menthe, je t'en prépare aussi un ?
- Volontiers.
Lina se lève et s'affaire dans la préparation rituelle du breuvage. Ses gestes sont mesurés, elle est concentrée, la cérémonie du thé est une affaire sérieuse. Aymen n'ose pas l'interrompre et suit ses mouvements en apnée en jouant avec son briquet.
- Comment va l'activité depuis l'inauguration du Skyline ?
- On cherche comment surprendre après ça et quel projet pourrait nous permettre d'aller plus loin. Il y a plusieurs pistes. Moi je vois du potentiel dans la construction d'une boîte de nuit sur les ruines d'un site qui a été bombardé. On n'est pas d'accord pour l'instant avec Elias, lui préfère le projet de construction du siège social de la Compagnie d'Electricité.
- Vous n'arrêtez pas les deux. Tu arrives malgré tout à donner ton cours de gestion de projet à l'université?

- Oui, toujours. La directrice m'a d'ailleurs sollicitée pour monter un programme d'entrepreunariat féminin. Je ne sais pas comment m'y prendre, je n'ai pas d'expérience de création d'entreprise.
- Tu trouveras. C'est comme ça que tu avances, tu ne connais pas un sujet, tu le travailles à fond, et en peu de temps tu deviens plus experte que les experts. Regarde comment tu es devenue calée en architecture, mais aussi en logistique avec l'ONG de secours alimentaire que tu as intégré il y a deux ans. Tu trouveras, je suis sûr. Dis moi Lina, je voulais faire une surprise à Elias. J'ai besoin que tu bloques une soirée dans son agenda en inventant un prétexte.
- Le 14 octobre je suppose ?
- Oui, tu as deviné.
- Je vais trouver quelque chose. Où veux tu l'amener ?
- J'aimerais que l'on s'échappe, que l'on change d'air un peu. J'hésite entre Paris et Venise.
- Je peux trouver facilement des prétextes plausibles dans ces deux villes. Lui organiser un rendez-vous professionnel et tu n'auras qu'à le rejoindre ensuite.
- Merci Lina, on dit Paris alors. Je peaufine l'organisation et on se synchronise. Dis moi, j'ai croisé Elias au Trainstation après sa conférence au colloque d'architecture. Il t'a dit ?
- Tu sais bien que ça n'est pas ce que tu crois, fais-lui confiance.

- Je ne m'y fais pas.

La percée

L'espoir s'est rallumé pour de vrai, le 27 juin 2014. La bouteille d'arak en évidence au dessus du sac d'approvisionnement lui avait donné un indice. Alors lorsque Joseph Skaff lui a indiqué par geste qu'il souhaitait monter sur le Rhosus, lui qui ne franchit jamais la passerelle, Volomydyr n'a plus eu de doute. Des bonnes nouvelles se tramaient.
- Da, Взбираться, climb.
Il a sonné la cloche qui leur sert de signal pour se réunir au niveau du poste de pilotage, a rapidement ramassé en soupirant quelques canettes, des assiettes sales et des papiers égarés sur la table et a indiqué à Joseph une place où s'asseoir. Andrei avec sa gueule sombre, George et le capitaine et ses sourcils interrogatifs ont vite rappliqué. Joseph parlait exagérément lentement en détachant les syllabes comme s'ils allaient mieux comprendre – et donnait l'impression qu'ils étaient demeurés - tout en agitant d'une main une lettre écrite en arabe. Il montrait quelques lignes à l'attention d'Andrei qui s'était mis à l'arabe ces derniers mois.
- Messieurs, la décision du juge des référés est tombée. La cargaison va être déchargée et

transférée dans le hangar 12, entre troisième et quatrième bassin.

Echanges de regards, traduction du capitaine qui semble avoir compris, sourire qui se répand de visage à visage.

- Ils n'ont plus de raison de nous garder maintenant, dit Andrei.

Le capitaine fait un signe avec ses deux mains à plats : patience, ne nous réjouissons pas trop vite. Il se saisit d'un marqueur et sur la bouteille offerte par Joseph, il inscrit en majuscule *HOME* et la place en évidence sur l'étagère au dessus de la table. Il va ensuite chercher dans sa cabine une bouteille de vodka, débouche la bouteille, sert tout le monde et porte un toast : à la liberté, bientôt, en tapant fort son verre sur la table lorsqu'il l'a bu. Les autres font de même.

La chaleur étouffante de juillet rendait irrespirables les cales et les cabines du navire. L'équipage s'était fabriqué des hamacs de fortune avec des draps installés sur le pont pour pouvoir respirer la nuit, à défaut de dormir. Un matin, une dizaine d'ouvriers sont montés à bord, les tirant de leur couchette de fortune. Ils étaient précédés par l'officier de la sécurité du port qui à grands coups de moulinets des bras a donné les instructions du déchargement des deux mille sept cent cinquante tonnes de nitrate d'ammonium et réparti l'équipe. Le capitaine l'a salué, s'est présenté, a proposé d'aider dans son anglais balbutiant. L'officier supervisant l'opération a refusé d'un geste sans appel. Les

règles sont les règles, ils n'ont pas le droit d'aller à terre, leurs papiers ne sont pas en règle. Pendant trois jours, les hommes du Rhosus ont assisté au ballet des sacs transportés du Rhosus aux transpalettes et des transpalettes jusqu'au hangar qu'ils aperçoivent depuis le navire. Andrei a les poings rougis à force de taper dans les portes en fer des coursives. Les disputes avec Volodymyr ne lui apportent plus aucun soulagement. Il cherche maintenant à s'embrouiller avec George, et même avec le capitaine. Ce dernier soupçonne que ce confinement long l'a fait vriller et que sa santé mentale n'y a pas résisté. Le deuxième jour de déchargement, Andrei a disparu. Ses minces affaires aussi.
- Bon débarras, qu'il aille au diable, se réjouit Volodymyr

- Дурак! *Quel idiot !* Nos autorisations de sortie de devraient plus tarder maintenant, renchérit le capitaine.

Le soir tombe sur le dernier jour de déchargement. Les ouvriers ont terminé par les sacs qui s'étaient éventrés. Quelques floconds blancs sur le pont permettent de suivre leur voyage. Le capitaine Prokoshev les a escortés tout le long du navire en leur demandant de faire attention, s'est fâché en confisquant une nouvelle fois les cigarettes des fumeurs prenant une pause à côté des sacs. Puis il a demandé à George de balayer et ramasser avec précaution tous les résidus échappés. A la façon dont les ouvriers manipulent les sacs, le capitaine voit bien qu'ils n'ont aucune idée de la toxicité et de la dangerosité du contenu. Ca n'est pas le moment pour lui de finir en explosion si près du but.

Volodymyr surveille de son hamac les allers et retours des ouvriers, il écrit une lettre à son fils sur une des pages arrachées au livre de bord du navire, lui promet d'être bientôt rentré.

Sur le pont surchauffé de soleil, le capitaine réunit l'équipage et ouvre en plus de l'habituelle bouteille de vodka une bouteille d'arak que lui a donnée Joseph Skaff.

- A la liberté !
- A la liberté ! reprennent en cœur les marins.

Il ne reste plus qu'à attendre La pression est retombée sur le Rhosus amarré au port depuis dix mois.

14 octobre 2014

Voyage surprise

- Dépêche-toi, on va rater notre avion.
Elias est venu chercher Lina chez elle, comme à chaque fois qu'ils ont un déplacement professionnel. C'est le seul moyen d'arriver à l'heure, Lina est notoirement née avec au moins une demie heure de retard, comme aime à le rappeler Elias.
    Dans le coffre de sa voiture, sa valise Vuitton remplie de piles alignées de pantalons et de chemises pliées avec soin attend d'être rejointe par celle de Lina, encore grande ouverte sur le lit. Noir. Noir gris. Noir clair. Noir foncé. Noir très foncé. Lina hésite entre ses robes suspendues sur cintre. Dans un tiroir autant de voiles assortis attendent d'être choisis.
- Prends les toutes, mais dépêche-toi. Tu as ton passeport ? lui demande-t-il
- C'est bon, c'est bon. Arrête de jouer à être mon père.
- Ce retard chronique, c'est ton seul défaut. Tu me fais stresser à chaque fois. Tu as la maquette ?

Lina désigne d'un geste de la tête le carton emballé dans le couloir. Elle a réussi à décrocher un rendez-vous avec Antoine, qui fait partie de la diaspora libanaise à Paris. Il est associé dans un cabinet d'architecte à Paris, et ils ont plusieurs fois évoqué des opportunités de collaboration lorsqu'ils se sont croisés au cours de biennales à Venise. Elias le connait bien, Lina sait qu'ils ont une estime professionnelle réciproque. Lina l'a recontacté, les discussions ne sont pas encore très avancées, mais elle a prétexté un passage à Paris pour pouvoir discuter de vive voix. Elias souhaite lui montrer la maquette d'un projet auquel il pense depuis longtemps.

Voyage retour

- Dans un mois, ça fera un an que nous sommes prisonniers du Rhosus. Tu crois vraiment qu'ils vont nous laisser rentrer chez nous ?
Volodymyr se désespère auprès de George. Il a cessé de batonner la porte en fer, il a arrêté d'écrire à son fils en lui promettant une arrivée imminente. Lorsqu'il est au plus fort du désespoir, il révise son jugement sur Andrei, il se dit qu'il a eu raison de s'échapper. Volodymyr mesure sa perte de poids à son pantalon troué qui flotte. Ses muscles ont fondu. La promiscuité, le rationnement de nourriture, la privation de liberté, et leur sentiment d'impuissance a rendu leur humeur instable. Même le capitaine vient de cesser d'écrire sa lettre mensuelle à Poutine. Il ne croit plus à une solution de ce côté-là. La cargaison du Rhosus est déchargée depuis deux mois, le cabinet d'avocats leur raconte que ce sont des délais administratifs classiques. Volodymyr soupçonne que cela traine car ils n'ont plus d'argent à leur donner : depuis le départ d'Andrei et la déchargement du cargo, la combine pour vendre du nitrate et du fioul s'est évaporée.

Et finalement cette bonne nouvelle, en octobre, leur libération prononcée par le juge. Quitter enfin ce pays de cauchemar où le temps comme un mauvais conte s'est arrêté sur des situations pourries.
- L'autorisation de sortie de territoire arrive. Ca y est, on rentre à la maison, leur a annoncé le capitaine en sortant la bouteille de vodka qu'il avait gardée pour ce moment, sur laquelle il avait écrit HOME un soir de désespoir.
Rentrer au pays. Il ne respirera que lorsqu'il sera arrivé à Odessa.

Joseph Skaff leur a dit de se tenir prêts pour le 14 octobre. Il leur a proposé de les conduire à l'aéroport. Chacun a déposé dans le coffre un sac poubelle noir contenant ses affaires. Aucun regard sur le Rhosus qu'ils quittent sans se retourner. Tous écarquillent les yeux sur le trajet qui les amènent à l'aéroport. Après leur isolement de presque un an, ce foisonnement de bruit, de vie, de couleurs est un choc qu'ils vivent en état de sidération. Volodymyr assis à l'arrière du véhicule regarde de gauche à droite dans un mouvement de tête automatique. Le capitaine à l'avant freine machinalement de son pied droit et se cramponne au tableau de bord. Joseph leur indique de son index quelques monuments qu'aussitôt ils oublient, saturés qu'ils sont d'images : la tour Skyline, le TrainStation dont ils voyaient les faisceaux lumineux la nuit, le palais Syrusk. Ils ressentent encore le roulis du bateau, dernière rémanence de leur vie sur le Rhosus. Aucun mot n'est prononcé, comme si retenir toute parole suspendait les mauvais présages qui pourraient encore s'abattre sur eux. Joseph les escortent et ils le suivent comme des canetons suivraient leur mère, en veillant à ne pas se laisser distancer. L'harmonie est rompue par un homme au téléphone qui heurte Volodymyr, tout à sa conversation téléphonique. Lunettes noires, valise Vuitton, costume gris, chaussures cirées, élégant, les effluves de bois de cèdre de son parfum se mèlent quelques secondes avec l'odeur musquée des marins transpirants. Il ne s'arrête pas. Avant de se pencher pour ramasser son sac projeté à terre, il a le temps de voir le tatouage d'un dieu grec à l'intérieur de son poignet. Derrière lui, une femme aux cheveux noirs et au visage souriant et grêlé s'arrête et lui pose une question qu'il ne comprend pas. Son accent chante, sa voix est rauque. Il lui fait signe d'un pouce levé que tout va bien et s'empresse de rattraper le groupe mené par Joseph.

La fin du cauchemar de Volodymyr marque le début pour d'autres qui ignorent encore que l'engrenage infernal est enclenché.

2006
(7 ans avant l'inauguration du Skyline)

Omar en affaires

- Elle ne fera aucune difficulté, j'en fais mon affaire, les autres co-propriétaires non plus. Je vais leur parler.
Elias est sûr de lui. Il est fort en persuasion. Ca va marcher cette fois.
Dans le bureau d'Omar Khoury, c'est une réunion au sommet qui se tient à l'heure libanaise, deux heures après l'heure prévue. Le genre de réunion dont les minutes valent des millions et changent le cours de plusieurs vies. Omar Khoury, les pieds croisés sur le bureau, tire sur son cigare, en consultant l'épais dossier à jaquette noir et or sur ses genoux. Derrière lui, sérigraphié sur la vitre translucide, le nom de sa société, Lebanon Luxury Estate. Sur la table de réunion, la maquette de l'édifice au 1 :100 que vient de lui présenter Elias. La bedaine foisonnante sous la chemise Armani blanche dont le tissu tiré entre les boutons laisse apercevoir une peau tannée poilue, une gourmette en argent, les cheveux courts gominés, il pressent le bon coup. Rien ne filtre

sur son visage pourtant, impossible de lire ses traits impassibles. Il excelle au poker.

- Elias, je crois à votre projet, je vais vous donner les moyens de le réaliser. J'ai déjà identifié des clients VIP qui vont se battre pour acquérir un penthouse de ce standing. A nous deux, nous allons faire un grand coup. Je vous choisis pour ce projet à une condition. Vous bouclez ces rachats dans les six mois, vous parlez à votre mère, vous faites ce que vous voulez. Mais vous les faites changer d'avis.
Omar est un promoteur immobilier à la tête d'un consortium d'investissement. Trouver les bons emplacements et y batir les projets les plus audacieux pour maximiser les profits, c'est son métier. Il y excelle. Mais avoir le coup d'œil, être informé, connaître les bonnes personnes à faire travailler ne suffit pas. Son carnet d'adresse est un trésor de guerre, qu'il entretient à coup de déjeuners, de cadeaux, de services rendus et aussi, il faut bien le dire, d'informations compromettantes qui renversent le jeu quand la carte est jouée au bon moment. Il connaît les personnes indispensables pour faire avancer ses projets, les noms de ceux qui partagent des intérêts communs et qui savent qu'avec lui le business est florissant, ceux qui le craignent et lui doivent un retour d'ascenseur. Il est sans pitié en affaires. Des années d'intrigues, de travail, d'argent pour en arriver à cet aboutissement. On n'atteint pas ce

succès sans quelques dossiers lestés dont on s'assure qu'ils ne referont jamais surface.

Elias rêve de son projet Skyline depuis la troisième année d'études. C'est son graal, son obsession, sa réalisation signature, son apothéose. Par deux fois il a failli aboutir. La première fois, l'investisseur lui a fait faux bond et n'était pas en mesure d'investir la somme nécessaire. Il sait qu'il n'avait pas su s'entourer de partenaires assez solides. La deuxième fois, encore plus douloureuse, le projet de Daniel Haddad a été sélectionné. Deux échecs qu'Elias ne mentionne jamais. Quiconque oserait les mentionner déclencherait une colère froide et s'exposerait à une excommunication manu militari. Même sa mère évite ce sujet sensible, elle le contourne à chaque fois sur la pointe des pieds, avec des mots chaussés de patins, comme ceux qu'elle impose chez elle pour ne pas abîmer le parquet frotté à la cire d'abeille. Elias regarde en avant comme un cheval de course avec des oeillères, il apprend ce qu'il y a à apprendre, ne refait jamais deux fois la même erreur et ne se lamente pas sur le passé.

Omar connaissait le penchant d'Elias pour la compétition et son besoin viscéral de susciter l'envie. Un des copains d'études d'Elias qui ne s'est pas trop fait prier pour parler en échange d'un contrat. Ca fait partie de son métier de savoir ces faiblesses là. Et lui, ca fait dix ans qu'en vain il lorgnait sur le rue Pharoun, dont il sait par ses contacts le futur développement commercial. Aussi quand il a su pour la mère, le plan s'est mis en place. Elias va devenir ce cheval de troie idéal pour réaliser leurs ambitions respectives.

Convaincre *Mama*

- *Mama*, tu ne vas pas en faire une histoire, ce que tu gagnes en échange n'a rien à voir!
- *Mon fils*, comment peux-tu parler comme ca, tu veux me tuer ? L'endroit où tu es né, comment veux-tu me faire quitter l'endroit où tu es né ? L'endroit où tu as fait tes premiers pas ? Où nous avons veillé le corps de ton père? Allez, mange plutôt que dire des bêtises.
Madame Elkhouby pose le plat de Kafta bil Sanieh au milieu la table du salon, à côté du plateau de service hors de prix que son fils lui a offert à sa dernière visite. Il est incrusté de nacre et elle n'ose pas l'utiliser de peur de l'abimer : c'est le courrier qui commence à s'y accumuler. L'odeur de viande hachée aux herbes s'est baladée dans la cage d'escalier toute la matinée en chatouillant le nez des voisins. Chacun sait quand Elias vient voir sa mère, ca commence à sentir bon dès l'aurore. Elle a mis comme chaque fois une portion de côté pour le vieil Amir du palier d'en face.
- C'est le sens de l'histoire *Mama*, tu ne comprends pas, il faut aller de l'avant. Soit tu acceptes de vendre à cette société à ce prix, alors que l'appartement ne vaut rien et tu t'installes dans un appartement neuf, de très

bon standing, avec tout le confort dans un quartier chic, soit avec les autres voisins vous vous ruinerez en entretien de cet immeuble qui va bientôt être insalubre. C'est un bon deal que j'ai réussi à négocier, pour toi et les cinq autres propriétaires de l'immeuble, j'ai défendu vos intérêts, vous allez tout perdre sinon. Tu ne peux pas aller contre. Je ne conseillerais pas quelque chose qui irait contre tes intérêts.
- Je ne te parle pas argent mon fils, ca ne m'intéresse pas, qu'est ce que va devenir ma vie sans mes racines, sans nos voisins, sans tout ça ? dit-elle avec un geste circulaire dans le salon surchargé de bibelots. Je n'ai pas besoin de plus et je ne veux pas changer.
Elle se lève, va à la cuisine remplir le verre d'Elias d'eau, de glace pillée et de jallab, elle ajoute une poignée de pignons de pin, juste comme il aime. Pas question d'acheter du sirop industriel, ce ne serait pas le goût de l'enfance. Elle a mis son amour dans la confection de ce jus de dattes, dans une recette qu'elle tient de sa belle mère. Elle revient, pose le sirop devant lui en l'embrassant sur le haut du crâne.
- *Mon fils*, tu sais que tu es mon trésor et que je t'aime. Mais là tu vas trop loin. Je suis bien ici. Et on est d'accord avec les voisins, on en a parlé autour du thé hier, on ne vendra pas.
Ses yeux glissent sur la commode où des photos d'elle petite fille cotoient des photos d'Elias bébé. Elle se revoit, elle avait peut être six ou sept ans, il y a tellement de temps, presque soixante dix ans. Comme beaucoup de petites

libanaises alors qui comprenaient tôt que leur ventre est un verger, que la maternité foisonnante est le sens de l'existence des filles (à quoi serviraient-elles sinon ?), elle a glissé à peine savait-elle marcher un épais coussin sous son tee-shirt, étrange vision d'un bébé fille enceinte, elle a murmuré des berceuses à ses poupons aux joues roses pour s'endormir sous les bombes, elle s'est entrainée avec application à ce rôle de mère, biberon, poussettes, dinette miniature, imitant la sienne avec ses frères, cultivatrice de petits rejetons. Lorsqu'elle regarde les quelques photos d'elle enfant sur le mur, il y a toujours à côté d'elle un berceau, une poupée, une dinette. Puis elle a grandi, elle a cherché à correspondre à ce que ses parents, puis à ce que le mari choisi par ses parents attendaient d'elle. La mise au monde difficile d'Elias a été source d'émotions confrontantes. Dans ce pays d'incertitude permanente, où la potentialité d'une guerre est une constante, la naissance d'un être aussi fragile l'a plongée dans un abyme de contradictions dont l'alternance de manifestation intense et démesurée marque l'enfance : couver Elias ou le muscler, le chérir ou l'endurcir, consoler ou éloigner, protéger ou exposer, trembler des dangers dont elle veut l'épargner ou le pousser à les confronter et à se dépasser. Trop tôt elle l'a arraché à son doudou et lui a expliqué les traumatismes de la guerre, elle a voulu en faire un homme même pas sorti de l'enfance.

Mais de sa mission d'abondance de progéniture, elle a failli. Elle n'a pas réussi malgré ses efforts à cultiver une grande famille. Un seul fils lui est né. Et un jour son mari n'est pas revenu de cette longue guerre civile. Elle a assumé seule l'éducation d'Elias, et ne s'est pas résolue pas à se séparer de son unique trésor, tout en le poussant hors du nid en même temps. Quoiqu'il dise, quoiqu'il fasse, elle sera toujours dans une admiration qui lui trouvera des excuses, maudira la petite copine du moment pas assez bien pour lui, qu'il ne lui présentera jamais mais dont elle entendra parler par d'autres, se réjouira de ses victoires. Elle est encombrée de cette tendresse dont elle ne sait que faire.

Cet appartement de la rue Pharoun, c'est son repère, son port, son amarage, toute sa vie concentrée, et ce qui lui reste de celle d'avant. La vieille tapisserie mordorée disparait sous les cadres, des photographies d'Elias à tous âges, les meubles recouverts de bibelots de fête des mères, de souvenirs, témoins d'une vie, même la trace sur le parquet de l'entrée a une histoire et se souvient de la fois où Elias a chaussé les patins à glace, cadeau incongru d'une tante de retour d'un voyage en Europe.

Et voilà que ce fils s'est mis en tête de la faire déménager pour mieux, une idée fixe. Mais le mieux, elle s'en moque. Elle ne veut pas d'une vie de mieux, d'un plus bel appartement, d'un quartier plus chic, elle est heureuse là où elle est, dans cet appartement décrépi, aux murs fissurés, dont les façades extérieures sont constellées d'impacts de balles, ce refuge qui la reconnait depuis le temps lointain où elle était jeune mariée et qui ne l'a jamais abandonnée même au plus fort des bombardements. Elle reste sourde à ses arguments, ne comprend pas cette nouvelle obsession qui lui prend. Elle remarque juste, et elle prend ce qu'il y a à prendre, ces visites d'Elias un peu plus fréquentes ces dernières semaines, lui qui n'a jamais beaucoup de temps à lui consacrer.

Après le repas, comme souvent au moment du café, elle va piocher un album photo, se replonge avec un frisson de nostalgie dans ces temps de chaos intenses mais où ils étaient encore trois, et profite de la présence d'un témoin pour dérouler ses souvenirs. Elias déteste ce rituel et fait de son mieux pour l'abréger sans froisser sa mère. Souvent, il missionne Lina de l'appeler, chargée d'informer d'une urgence ou d'un rendez-vous important.
- Tu te souviens de Khalid Saad ? lui demande-t-elle en lui désignant la photo noir et blanc d'un homme en costume posant devant une Bentley à côté d'un jeune garçon en short à la tignasse ébouriffée et au genou gauche égratigné.
Juste à l'évocation de ce nom lui revient toute l'admiration, presque l'idolatrie qu'il avait

éprouvée lorsque Khalid s'était présenté à la maison.

C'est probablement son souvenir d'enfance le plus lointain. Même en cherchant bien il ne parvient pas à en trouver d'autres plus anciens. Il avait quatre ans, cinq ans peut être tout au plus. Son père était encore de ce monde, il travaillait dans son bureau. La porte était fermée, il avait interdiction de le déranger et bien sûr, le dessin qu'il venait d'achever lui avait semblé un prétexte suffisant pour aller l'interrompre. Renvoyé dans la salle à manger, il était revenu réciter une comptine apprise à l'école maternelle, puis avait sollicité la réparation de son jouet cassé. Le père avait bougonné, sa mère s'était fâchée et l'avait consigné sur le balcon avec craies grasses et feuilles, et ordre de dessiner l'oranger en fleur et le citronnier. C'est d'abord le bruit d'une grosse cylindrée résonnant jusque chez eux qui l'avait impressionné. Un bruit ronflant, un bruit de mécanique qu'il a ensuite imité et a perduré longtemps dans son jeu favori « l'arrivée du monsieur ». Il s'est penché, s'est extasié sur la voiture beige brillante, tellement propre qu'elle lui semblait toute neuve, comme sortie du carton du marchand de jouet. Un homme en est sorti, costume clair, lunettes de soleil, rasé de près, cheveux courts bien coiffés. On aurait dit l'acteur Akram El-Ahmar dont l'affiche d'un de ses films, punaisée dans les toilettes, l'a toujours impressionné. L'assurance, la prestance que l'homme dégageait étaient tellement solaire, c'est comme si cette scène magnétique s'était imprimée sur sa rétine.

Quelques minutes plus tard, il entendait trois coups secs et rapides contre la porte. Arrivé premier avant sa mère, il ouvrit la porte et s'est retrouvé ébahi devant l'homme, un géant vu de près. Il se souvient encore de l'odeur du parfum passant le pas de la porte, une odeur musquée, masculine.

- Ton papa est là ? Tu peux lui dire que l'architecte est là ?

Incapable soudain de parler, il avait fait demi tour laissant le monsieur au costume en plan dans l'encadrement de la porte, et était parti en trombe prévenir son père dans le bureau.

Il a su par la suite de Khalid Saad était un client de son père avec qui il sera enrôlé dans la guerre civile dont ni l'un ni l'autre ne reviendront vivants. L'a-t-il revu à d'autres occasions ? Il n'en a pas le souvenir. Toujours est il que juste après le départ de Khalid Saad, Elias, du haut de ses quatre vingt quinze centimètres attestés par le trait sur la porte de la salle de bain, sans savoir ce que voulait dire ce nouveau mot étrange, mais qui contenait la promesse d'une vie de faste, a prononcé cette phrase qui a été répétée, racontée mainte et mainte fois dans l'histoire de la tradition familiale :

- Moi, quand je serais grand, je serai architecte costumé.

Elias se lève et sa mère le regarde étonnée :
- Tu pars déjà mon fils?
- J'ai un rendez-vous important.
- Tu travailles trop, il n'y a pas que cela dans la vie. Tu pourrais penser à me donner des petits enfants.

Elias soupire sans répondre, et abrège les au revoirs. Il ne peut pas refuser la part de tajine spécialement cuisinée pour lui ce matin et que sa mère a soigneusement emballée. « Tu ne manges pas assez mon fils », lui crie-t-elle dans l'escalier qu'il dévalle en s'enfuyant. Après qu'elle ait refermé la porte, en quelques dizaines de marches il grandit de trente ans.
Le bruit familier des klaxons incessants de la rue l'enveloppe. Un marchand ambulant de café noir corsé l'alpague, puis il repousse les quelques badauds massés autour de son coupé cabriolet et s'installe au volant. Elias démarre en faisant crisser les pneus, pour le plus grand bonheur des gamins qui poursuivent jusqu'au bout de la rue la voiture. C'est là qu'il commet une erreur fatale.

Expropriation

La lettre tamponnée du sceau de la Direction générale de l'Urbanisme de Beyrouth est ouverte depuis dix jours au dessus du plateau incrusté de nacre. Madame Elkhouby n'ose pas la toucher, elle fait des grands détours avec ses patins pour l'éviter, c'est comme si elle avait un volcan en éruption, brûlant et toxique au milieu de sa salle à manger. Elle lui jette des petits regards en coin, comme si elle essayait de la défier.

Au salon, les Baqlini et la vieille Catherine, ses voisins du dessus laissent leur thé bouillant refroidir et, fait rare, ne touchent pas aux baklawas qu'elle a confectionnés le matin même, pas plus qu'à l'assiette d'atayef joz, ces chaussons aux noix dont elle tient la recette de sa propre grand-mère. Ils vitupèrent et se lamentent en alternance, mais rien ne change aux faits : ils vont tous être expropriés dans deux mois. Amir est décédé le mois dernier, il n'aura heureusement pas connu ce cauchemar se consolent-ils.

Un coup à la porte et Elias entre dans l'appartement. Les anciens le regardent avec

des yeux plein d'espoir. Il secoue la tête en signe de dénégation.
 Il n'est pas possible de lever l'expropriation. J'ai tout essayé.
Les lamentations reprennent de plus belle. Elias serre sa mère dans ses bras. Sa discussion avec Omar quelques jours plutôt l'obsède. Et s'il avait pris une autre décision, comment aurait réagi sa mère ? Il ne le saura jamais.

*

 En sortant de chez sa mère quelques semaines plus tôt, Elias avait appelé Omar de sa voiture. Lui avait raconté son échec à convaincre sa mère et ses voisins. Et lorsqu'Omar lui a répondu qu'il s'en occupait, il n'a pas posé de questions, il a laissé faire. Là a été son erreur, sa naïveté. Oublier à qui il avait affaire.
- Omar, que veux-tu pour faire machine arrière ? Tu ne m'avais jamais dit que tu allais exproprier ma propre mère.
- Tu as eu ta chance pour les convaincre de vendre, c'était ta part du contrat. Tu as eu six mois pour cela. Tu n'as pas réussi.
- Il n'avait jamais été question de les exproprier si je n'y arrivais pas.
- Tu m'avais garanti que tu y arriverais. Moi aussi je déteste employer ces méthodes là. Mais que veux-tu, ce sont les affaires qui veulent ça.
- Je vais te dénoncer.
- A qui veux-tu me dénoncer ? Nous avons tous des intérêts dans cette histoire. Tu as plus à

perdre que moi. Pour toi, et par respect pour ta mère, je vais faire en sorte que la compensation de l'expropriation soit vraiment généreuse et que ta mère soit largement gagnante dans l'histoire. Un appartement de cent mètres carrés, tout neuf, est-ce que cela te semble honnête, non en remplacement d'un vieil appartement de deux pièces ?

- Je veux pour elle un appartement neuf de cent cinquante mètres carrés près du port, dans le quartier Mar Mikhaël.

2018
(4 ans après le départ des marins du Rhosus)

Je coule. Dans l'indifférence générale je coule. Abandonnée des hommes, épave vidée dont personne ne veut, je craquèle, je prends l'eau, je rouille.

Il y a longtemps que personne ne me visite. Personne ne foule plus mon pont et mes coursives. Oubliée sur mon quai, mise au banc, j'attends.

Mon nom même m'a lâché. Les lettres peintes en blanc sur ma coque se sont estompées. On ne distingue guère plus qu'un R majuscule.

Pas un remous, pas un témoin, mon existence encombre les vivants affairés. Plus rien à tirer de moi. Dans ce port devenu cimetière, une nuit, sans qu'aucun humain n'y prête attention sans qu'aucun humain ne s'en rende compte, je sombre.

2019

Hangar 12, port de Beyrouth

Retour 23h35 – RAS - Consigne-t-il sur la feuille de suivi des rondes, affichée à l'entrée dans les locaux courants d'air du département portuaire.
Les néons projettent une lumière blanche crue sur les piles de papiers amoncelés en travers des bureaux en quinconce et dessinent une forme de toile d'araignée sur les vitres fissurées. Le ding du micro onde lui indique que son café est chaud. C'est l'heure de la pause après son premier tour d'inspection. Il fait partie de l'équipe de sécurité du port. Ce poste de fonctionnaire, il l'occupe depuis cinq ans, grâce aux contacts de son beau frère. Une veine.

L'agent de sécurité s'est abstenu de signaler le trou dans le mur sud du hangar 12, celui destiné aux marchandises saisies. Les billets qui apparaissent chaque mois dans une enveloppe kraft dans son casier déclenchent une cécité sélective pendant ses rondes dont il se garde de se soigner. Il ne voit pas la disparition régulière des sacs de toile tissées, ni les traces de pas sur le sol blanchi par la matière répandue de quelques paquets éventrés. Non décidément, rien à signaler. Il est sûr de ne pas être le seul membre de l'équipe à retrouver la même enveloppe brune dans son casier. Ils sont trop nombreux à avoir remarqué la brèche apparue une nuit il y a presque deux ans et à ne pas l'avoir notifiée. Personne n'aborde le sujet, le cloisonnement et la discrétion restent la meilleure protection pour tous. Chacun a une famille à nourrir, les prix flambent à Beyrouth. Sans cet argent, se maintenir à flot serait difficile, leur salaire de fonctionnaire est versé irrégulièrement. Et c'est vrai que le port, c'est une plaque tournante des affaires, la marchandise qui y transite est volumineuse, les possibilités d'arrondir leur salaire de misère sont nombreuses. C'est d'ailleurs pour cela que ces places de fonctionnaire dans le service de sécurité sont aussi difficiles à obtenir, celles dans le service des douanes ou dans le service du transport maritime tout autant. L'agent pense à ses deux filles de dix et quatorze ans. A cet âge là, leur offrir juste l'ordinaire vaut bien qu'il ferme les yeux.

La source de revenus a bien failli se tarir à l'arrivée du nouveau directeur du port. Relevant du ministère des Finances, George Attiyeh a été nommé en fanfare fin 2018. Il s'en souvenait bien, c'était presque un an jour pour jour après la disparition de l'officier des douanes Skaff, décédé d'une chute de trois mètres en sortant de sa voiture, on ne parlait que de ça à ce moment là. Même si Joseph Skaff n'était pas trop apprécié – vraiment une grande gueule, remonté comme un syndicaliste, toujours à alerter, à dénoncer, obsédé par le même sujet, le Hezbollah, le Hezbollah, il n'avait que cela à la bouche, en colère contre tout un système – il avait été peiné lorsqu'il avait été mis à la retraite. Son pot de départ avait été annulé à la dernière minute, sa dernière initiative d'envoyer une lettre au président sur le devenir de la cargaison déchargée du cargo poubelle le Rhosus n'avait pas été appréciée. Joseph Skaff était proche de peu de personnes. Il répétait de ne pas fermer les yeux sur les choses graves qui se déroulaient dans le port. L'enquête un an après sa mort avait beaucoup fait parler dans les équipes et avait fait les gros titres de *l'Orient-Le-Jour*. Son fils avait fini par saisir la justice et sollicité la presse : deux médecins légistes avaient rendu des avis contradictoires, le fils ne croyait pas du tout à la thèse de l'accident.

Peu après sa nomination donc, Georges Attiyeh, alarmé par la dangerosité des produits chimiques consignés, et soucieux de créer un fait d'armes qui lui permette de se positionner sur le poste qu'il ambitionnait au ministère des Travaux Publics et des Transports, a voulu trouver rapidement une solution. Réexporter, vendre le stock ou le donner à l'armée, peu importe la solution tant qu'aucun incident n'arrive sous son ère, ce qui aurait réduit à néant ses ambitions de carrière. Un jeu de chaises musicales morbides, si la musique s'arrêtait, il lui fallait impérativement être assis à un autre siège. D'autant qu'après avoir pris connaissance du rapport alarmant d'inspection, il a estimé qu'il y avait urgence à agir : l'inspectrice l'avait alerté sur la nature potentiellement explosive et combustible des sacs d'amonium, et des conditions déplorables d'entrepôt, aux côtés d'autres produits inflammables dans un hangar non sécurisé et mal ventilé. Hors de question de compromettre son avenir.

Il a commencé à solliciter son service juridique ainsi que le service du ministère des transports pour entamer les actions de justice nécessaires à régler ce problème encombrant.

Telle une force silencieuse opérant dans l'ombre, avec la force d'un poulpe se propulsant, le système de sabordage par l'inertie s'est mis en place sans avoir besoin de concertation. Sans se mettre en danger, sans frontalement bloquer les vélléités du nouveau directeur, il a été facile qui de tarder à préparer le dossier pour le tribunal, qui à édulcorer la dangerosité des produits dans la requête. Dans un système où n'avancent que les intérêts personnels, il a été simple de tisser une toile paralysante autour du projet d'évacuation des produits chimiques, dont le nouveau directeur n'est pas parvenu à s'extirper. Impossible de se débattre quand l'adversaire avance masqué. Finalement envoyer un dossier autorisant la vente du nitrate à un tribunal dont ça n'est pas la compétence, c'est encore l'idéal pour gagner du temps. Le tribunal s'est déclaré comme prévu incompétent, ce qui ne l'a pas empêché d'être saisi par deux fois du dossier.

« On » a fait comprendre au directeur du port qu'il était couvert en cas d'incident, et qu'il avait suffisamment montré d'empressement et de zèle. Sa promotion rapide au poste de sous secrétaire d'état à l'énergie n'a surpris personne.

Bien sûr les autorités du port, les services des douanes, les services de sécurité, l'armée, le ministère des transports, le ministre de l'Intérieur connaissent la dangerosité du chargement. Jusqu'au premier ministre Hassan Diab, et au président Michel Aoun, par ailleurs président du conseil supérieur de défense, toutes les autorités savaient. Dans cette responsabilité diluée, dans ces engrenages d'intérêts personnels, de pouvoir, l'inaction, le déni du potentiel de dangerosité est plus facile que de mobiliser de l'énergie pour déminer une situation dont personne ne vous saura gré.

L'agent de sécurité glisse l'enveloppe dans son sac gris, et en sort le repas froid préparé par sa femme en prévision de cette nuit de garde. Si rien n'est arrivé hier, il n'y a pas de raison que quoique ce soit arrive dans ce hangar demain. Et si ça n'est pas lui qui empoche l'enveloppe, les autres candidats sont nombreux, autant jouer le jeu.

L'expert-comptable

- Monsieur Elkhouby, cette fois, c'est la banqueroute.
- Vous m'avez déjà dit ça plusieurs fois, je ne vais bientôt plus vous croire. Dites-moi plutôt ce que je dois faire pour réussir à passer ce cap ?

Elias a fait un peu de place autour des maquettes, des revues, des papiers en tout genre qui jonchent son bureau. L'expert-comptable est arrivé comme à son habitude exactement à l'heure, costume de croque mort et raideur déférente.

- Votre dernière issue pour que la banque vous suive, c'est de signer deux contrats majeurs et obtenir des avances dans le mois. Et réduire votre train de vie bien sûr.
- Quelles sont mes options sinon ?
- Ce ne sont plus des options, juste des parachutes pour amoindrir l'impact : vendez maintenant à bon prix les voitures, vos œuvres d'art, vos montres de collection et votre villa avant qu'elles ne soient saisies.
- Jamais. Je ne m'en séparerai jamais. Je vais recevoir un prix international, il sera annoncé d'ici la fin du mois. Faites patienter un peu les banquiers, avec ce prix, les contrats vont

tomber. Et je vous rappelle que vous êtes tenu au secret, pas un mot de tout ça à quiconque, surtout pas à Lina.

L'expert-comptable n'a pas encore pris congé qu'Elias a dégainé son téléphone pour jouer son dernier atout.

- Lina, privatise-moi le Sky pour dans deux semaines. Commence à faire la liste de nos propects et de nos clients. On lance les invitations cet après-midi.

Utiliser ses sources

Les éclats de voix du rédacteur en chef de l'Orient-Le-Jour s'entendent jusque dans le hall d'accueil à l'étage en dessous. Dans les couloirs, les journalistes présents échangent des regards d'incompréhension. Les stagiaires et les pigistes plus récents rasent les murs ou se tassent sur leur siège. Lounis Wallid est d'ordinaire calme, loin du cliché du chef colérique et jetant à la figure de ses collaborateurs les articles qui ne lui reviennent pas.

A l'intérieur du bureau de direction, Aymen est debout derrière un siège, les mains cramponnées sur le dossier et Lounis tourne autour de son bureau en agitant les bras.
- Tu as l'information depuis une semaine et tu n'en as rien fait ? Tu attendais quoi ?
- La source est anonyme, les vérifications que j'ai faites m'ont montré que les allégations sont fausses.
- Ah oui ! Et auprès de qui as-tu vérifié, dis-moi ? Pourquoi as-tu pris le risque que ce scoop nous échappe ?

- Ça ressemble plus à une dénonciation malveillante, le journal ne verse pas dans ces eaux-là.
- Tirons cela au clair, il n'y a plus de temps à perdre. Tu as deux heures avant la mise sous presse pour écrire l'article, et je veux le corriger avant qu'il ne paraisse.
- Moi je te dis que c'est faux.
- Moi je te dis que tu sors l'article ou tu pars.

Le prix

- Levons nos verres à l'apport significatif d'Elias à l'architecture ! Au futur premier prix Pritzker jamais remis à un architecte libanais ! A toi Elias Elkhouby ! A ton talent, à ton succès !
Omar conclut son discours en se tournant vers Elias, le bras pointant le ciel de sa coupe de champagne, imité par les convives. Comme une armée de canons semblables à ceux qui surplombent le toit du Skyline.
- A Elias Elkhouby ! reprend la cinquantaine de convives.

Au dernier étage de la tour Skyline, dans le restaurant gastronomique Le Sky, privatisé pour l'occasion, toute l'équipe d'Elkhouby Associate, ses clients, ses partenaires soigneusement sélectionnés fêtent en avant première le futur prix prestigieux. Elias a surtout invité nombre d'entrepreneurs avec qui il espère signer vite des contrats. Il y a quatre tablées de convives, et Elias a prévu de passer le temps d'un plat à chaque table. L'information de l'attribution du prix devrait être officialisée et annoncée dans un mois.

- Chers amis, merci. C'est une consécration et un honneur pour moi, pour le cabinet d'architecture que j'ai ouvert il y a vingt cinq ans maintenant. C'est un hommage aussi pour notre pays, pour le rayonnement de l'architecture libanaise. Vous savez tous à quel point j'ai à cœur d'innover, de repousser les limites. Je suis particulièrement heureux de vous accueillir dans ce lieu emblématique pour moi, dans cette tour dont j'ai rêvé depuis mes études d'architecture, qui abrite maintenant des artistes majeurs qui font la vie culturelle de notre ville, comme ce restaurant gastronomique qui nous accueille aujourd'hui. J'ai hâte de créer avec de nouveaux projets encore plus ambitieux, encore plus novateurs, encore plus spectaculaires. Nous avons ensemble le pouvoir de transformer, d'embellir cette ville. Nous avons la capacité en unissant nos forces, nos complémentarités d'édifier les monuments emblématiques de demain, ceux que le monde nous envira, ceux qui feront notre réputation et notre renommée. Mais c'est maintenant qu'il faut agir, maintenant qu'il faut voir grand, maintenant qu'il faut être ambitieux. Au Liban, à nos projets à venir !
- A nos projets à venir ! reprennent d'une seule voix les convives.

En prononçant ces phrases, Elias sourit intérieurement. Il revoit le carton d'invitation adressé à Daniel Haddad. Lorsqu'il l'a ajouté sur la liste d'invités, Lina était surprise. Avec sa franchise et son langage cru habituel, elle lui a dit qu'il serait temps qu'il grandisse et qu'il arrête cette compétition stérile et puérile. Mais il n'a pas pu résister à ce plaisir.

Bien sûr, Daniel Haddad n'est pas venu.

Avant de prendre place à table, David Melhem s'arrange pour parler à Elias en apparté. David lui confirme avoir eu une nouvelle altercation avec sa mère lorsqu'il lui a annoncé qu'il accepterait l'invitation.
- Votre mère m'en veut-elle toujours ?
- Plus que jamais, vous imaginez ! Elle n'est pas prête de changer d'avis. Vous la connaissez bien, elle est entière. Je suis venu au nom de notre longue amitié, contre son avis.

Lina et Elias ont particulièrement bien soigné les plans de table, pour que les égos, les compétitions, les rivalités s'exacerbent et conduisent à une surenchère de signatures. Elias passe d'une table à l'autre, dessine ses idées sur les nappes, fait rêver, avance des chiffres. Il est survolté.

La soirée s'est prolongée tard. Il est près de deux heures, les derniers invités viennent de partir. La cheffe de rang présente l'addition pour signature à Elias. Une légère contraction de son front, un imperceptible tremblement de sa main à la vue du montant. Il faut investir

pour réussir se répète-t-il en boucle intérieurement.
- Pouvez-vous envoyer la facture à mon cabinet ?
Quitte ou double. Il est tellement sûr à ce moment là de voir l'ombre de la banqueroute s'effacer.

Il y avait une tension perceptible dans les rires, une lègère dissonance, un soupçon trop forcé. Une amabilité de façade, un faux calme avant le déchainement des éléments. En sortant du restaurant ce soir là, Elias était inconscient du monde souterrain qui allait bientôt émerger et se révéler.

Première explosion

L'Orient-Le-Jour – Une de l'édition papier du 16 août 2019 et du site internet https://www.lorientlejour.com/
OLJ – *Lounis Wallid et Aymen El Din* – *le 16 août 2019 21h21*

Scandale Skyline : Sky is not the limit

Deux semaines à peine après l'affaire des expropriations illégales visant l'ancien ministre du transport, c'est un nouveau scandale d'une ampleur sans précédent qui se rajoute aux révélations de corruption. Le secteur du bâtiment, dont les enjeux financiers significatifs à l'intersection du public et du privé favorisent une pratique répandue dans notre pays, que les Anglo-Saxons surnomment le cronyism (« copinage »), est une fois de plus éclaboussé par un cas de malversation d'importance.

Et le moins que l'on puisse dire, c'est que dans ce nouveau rebondissement, le niveau d'affairisme atteint cette fois un niveau inégalé, de par le nombre d'intermédiaires corrompus impliqués et l'absence de scrupules des commanditaires.

Le gratte-ciel Skyline a été inauguré avec faste il y a cinq ans lors de la cérémonie de miss Univers. Il a été construit sur les terrains d'anciens immeubles qui menaçaient de s'effondrer, selon deux inspections techniques consécutives du service des projets municipaux. Les expropriations de ces immeubles de la rue Pharoun avaient alors été décidées et signées en commission par le directeur du Département de l'Urbanisme. Ce que l'on ignorait par contre jusque-là, c'est que les bâtiments étaient parfaitement viables, et que l'escroquerie à l'expropriation a été montée et diligentée par le promoteur du Skyline, Omar Khoury, avec la complicité du célèbre architecte Elias Elkhouby, bafouant le respect de la propriété privée au nom de la spéculation. Selon nos sources, deux appartements de la tour Skyline ont été acquis à prix symbolique par des sociétés écrans qui appartiendraient au directeur de la section expropriation de la DGU (direction générale de l'urbanisme).

Pour réaliser cette opération, outre la corruption d'inspecteurs technique, le promoteur a négocié un système de compensation par échange pour les anciens habitants, spoliant ainsi l'état. Mais le plus sordide de ce scandale, c'est le fait qu'Elias Elkhouby n'a pas hésité à participer à l'expropriation de sa propre mère, âgée de soixante-quatorze ans. Interrogée par notre correspondant, cette dernière s'est refusée à tout commentaire. Il ressort de notre enquête que la valeur d'échange dans le cas de Madame Elkhouby est deux fois plus élevée que celle attribuée aux autres voisins expropriés.

L'effet domino

- Manuela Llorca à l'appareil. Elias Elkhouby ?
- Lui-même.
- Je suis la présidente du prix Pritzker. Le jury s'est réuni en session extraordinaire hier, sous la saisine conjointe de trois membres tel que notre règlement l'autorise.
- …
- Je tenais à vous informer directement et de vive voix qu'à l'unanimité le jury a pris la décision de procéder à un nouveau vote de nomination du lauréat 2019 du prix Pritzker, en raison des soupçons de corruption vous concernant. Le vote qui s'est tenu dans la foulée a consacré une autre personne que vous. Le nom du lauréat, sera annoncé officiellement la semaine prochaine.
- Enfin, ce sont des rumeurs, vous ne pouvez pas faire ça ! Je suis calomnié, accusé sans preuves et vous croyez ce tissu de mensonge ! Non, non c'est un cauchemar.
- Comprenez-moi bien. Je compatis avec votre situation. Mais nous ne pouvons pas prendre le moindre risque d'entacher la renommée et la réputation de ce prix.
- Et la mienne de réputation, vous y avez pensé ?

- …
- Pouvons-nous au moins convenir que mon nom apparaisse dans les nominés ? J'ai besoin de votre neutralité, notre réputation professionnelle est notre meilleure ambassadrice, vous le savez tout autant que moi et vous ne pouvez pas la ruiner alors que j'ai été lamentablement calomnié. Je le prouverai, pour cela j'ai besoin de temps.
- J'aimerais vous aider, cependant je ne peux associer un prix prestigieux comme le Pritzker à une affaire en cours. Je vous souhaite de dépasser rapidement de ces accusations qui ont été portées contre vous et je déplore de ne pas être en mesure de vous aider.

D'un revers de bras, il balaie le contenu son bureau. Les papiers volent, les stylos se transforment en projectiles. Il saisit une statuette et la lance à travers la pièce, sa tête vient exploser la vitrine de l'armoire en face.

*

- C'est un malentendu, des journalistes qui cherchent à salir ma réputation. Bien évidemment.

L'interlocuteur d'Elias soupire.

- Elias, vous savez à quel point j'aimerais vous croire. Seulement mon conseil d'administration ne me suivra pas, je le sais. Il ne financera pas ce projet si c'est vous qui en êtes l'architecte. Attendons que tout cela se tasse, et nous retravaillerons ensemble plus tard Insh'Allah.

A terre, les livres de design côtoient des photographies dont le vitrage s'est brisé. Une sculpture s'est retrouvée propulsée dans le siège globe orange. Le bureau a subi une tornade de rage. Accroupi au milieu de la pièce, Elias est vaincu. C'était le dernier prospect du dîner du Sky. En un article, il est devenu persona non grata.

Omar a quant à lui disparu. Elias a vainement tenté de le joindre. Obtenir de lui un démenti. D'après le secrétariat de son bureau, il est à l'étranger pour affaires.

Banqueroute

La surface de la villa semble avoir triplé sans les meubles qui l'habillaient. Tout cet espace s'envoie en écho amertume, découragement et honte. Elias ne veut aucun témoin oculaire à sa déchéance. Lina a laissé six messages, même sa mère l'a appelé. Aymen a osé envoyer un «*je suis désolé, laisse-moi t'expliquer*» qu'Elias s'est empressé d'effacer en lançant le téléphone comme une boule de billard. Il a presque traversé la moitié du salon avant de s'immobiliser. Et il y a plein de messages qu'il se serait attendu à recevoir de certains amis qui ne sont pas venus. Il est dans cette ambivalence entre colère de ne pas avoir plus de soutien et soulagement de ne pas être vu en échec.

Assis à même le carrelage froid, Elias ressemble à une statue immobile qui aurait été oubliée. Quelques insectes se posent sur lui sans qu'il ne les chasse. Il va passer là sa dernière nuit avant la mise aux enchères de la maison demain. Il a réussi à sauvegarder un whisky japonais hors de prix, c'est toujours ça qu'ils n'auront pas. Les huissiers ont fini hier de saisir tous ses biens, le balai des camions de déménagement a duré trois jours.

Demain, il retourne habiter chez sa mère. L'ambiance est glaciale entre eux. Malgré tout elle lui a proposé d'emménager chez elle.

Deuxième explosion
(4 août 2020)

17h52

Lina se précipite essoufflée et transpirante dans le hall du Skyline. Elle essaie de reprendre son souffle dans l'ascenseur qui s'élève au treizième étage, pour rejoindre les bureaux de l'agent immobilier qui a racheté le cabinet d'Elias lorsqu'il a fait faillite l'année dernière. L'agent lui a proposé un poste de chargée d'affaire, elle a dit oui. Elle ne courre jamais, elle ne presse jamais le pas, c'est un principe chez elle, elle assume son rythme, ses retards souvent et se garde de se dépêcher. Son corps et son cerveau avancent toujours à des vitesses opposées. Mais là, elle doit faire une exception. Un coup d'œil inquiet à l'horloge murale au-dessus du bureau déserté par la standardiste lui indique qu'elle va devoir pousser son corps fatigué et abruti de chaleur à accélérer encore.

Elias a un rendez-vous important en banlieue de Beyrouth, à l'autre bout de la ville. Il lui a dit « Je joue ma vie sur ce rendez-vous, ne me lâche pas sur ce coup-là ». Ça fait des mois qu'il essaie de trouver un nouveau client qui lui

confierait un projet, sans succès, c'est comme si son nom brûlait maintenant. Alors cette maison de retraite à réhabiliter, c'est un miracle. Tellement loin de l'ampleur des projets qu'Elias gérait auparavant, mais il n'est plus en mesure d'être difficile. Elias lui a demandé d'entreposer la maquette au cabinet et de la lui amener pour 18h, en espérant que son projet emporte l'adhésion de son futur client. Son installation dans le salon de sa mère ne lui permet guère de l'envahir plus pour stocker la maquette. Lina qui a un peu repris son souffle compose le numéro d'Elias.
- Je serai là dans une demie heure Elias, désolée j'ai été retenue par un client. Je fais au plus vite.
- Quoi ? Je suis déjà arrivé. Tu plaisantes j'espère ? C'est la fois de ma vie où je te demande d'être à l'heure. Tu le fais exprès pour que je ruine mes dernières chances de relancer l'agence ?
- Elias, tes mots dépassent ta pensée. Tu es sous pression. Bien sûr que je souhaite que tu réussisses. Je te préviens juste que je vais avoir du retard, je suis au cabinet, fais patienter ton client, j'arrive.
Elias lui raccroche au nez.

18h03

A quelques rues de la tour Skyline, devant le siège d'Électricité du Liban, la manifestation contre les coupures de courants partie du rond-point de Dora et de la rue de Tripoli vient juste de se terminer. En cette fin d'après-midi du 4 août 2020, plus d'un millier de personnes ont envahi les rues et ont convergé vers le quartier Mar Mikhaël. En début de cortège, Antonella et Taline brandissent une pancarte et scandent en rythme, le poing levé « Révolution ». La vague de chaleur que subit le Liban depuis plusieurs jours a accru la demande en électricité, tandis qu'en raison de pénurie de mazout et du dysfonctionnement du réseau mal rénové durant la guerre civile, EDL multiple et allonge les coupures d'électricité. Régulièrement, sans notification, l'électricité se coupe. Avec son cortège de conséquences, petites ou dramatiques, ces histoires qui se racontent, ces anecdotes qui se transmettent. A cela se rajoute les répercussions de la crise du Covid, le confinement du 30 juillet au 3 août en plein pendant les fêtes de l'Aïd el-Adha, puis le prochain annoncé entre le 6 et le 10 août, le chômage qui reprend, l'inflation, le sentiment de trop plein déborde. Les beyrouthins, exaspérés de cette vie cauchemardesque qui rend leur quotidien invivable, ont pris l'habitude de descendre dans la rue une fois par semaine. Antonella et Taline reconnaissent quelques-unes des autres manifestantes à qui elles adressent des signes. Elles jouent des coudes puis se regroupent. Ça va la famille ? Ça va, ça va. Et toi ? Moi c'est mon père, il commence à mélanger nos prénoms. C'est dur quand ça atteint ce stade. Puis d'un seul mouvement, elles reprennent en cœur le chant des protestataires. Impuissantes, à défaut de pouvoir agir dans ce système corrompu où tout se tient, la manifestation hebdomadaire a au moins le mérite de pouvoir laisser la colère se dire, se scander, se crier.

Avant d'héler un *servicen*, ces taxis qui vous rapprochent des endroits où vous allez, Antonella se prend en photo avec sa belle-sœur devant les banderoles et envoie l'image à son frère, Charbel « encore une manifestation qui ne changera pas ces pourris, mais au moins, on le dit ». Charbel lui répond dans la foulée avec un émoticône qui pleure, et complète « sommes arrivés en renfort avec Adil et huit collègues au port, suite à un début d'incendie. Bisous, ne nous attendez pas pour manger ce soir. »

La grille du port vient de s'ouvrir pour laisser passer le camion de pompiers conduit par Adil. Juste à l'entrée, le directeur du port, téléphone à l'oreille, leur fait signe d'ouvrir la fenêtre et donne les instructions.
- Il y a un départ de feu dans le hangar numéro 8. Suite probablement aux réparations de soudures effectuées par des ouvriers il y a une heure. Ce hangar contient des feux d'artifices, il faut que vous circonscriviez vite l'incendie.
- D'accord, rien d'autre à signaler ? D'autres matières inflammables ?
- Non

- Vous nous accompagnez pour nous montrer le chemin, alors que Charbel ouvre la porte arrière pour le laisser monter.
- Je ne peux pas pour l'instant, répond-t-il en montant dans sa voiture, vous ne pouvez pas vous tromper, tout droit et à gauche, là où il y a de la fumée.

Charbel remet le contact et le gyrophare. A l'intérieur, les huit pompiers sont équipés, prêts à intervenir. Ils ne dîneront plus jamais avec Taline et Antonella.

La portière manque de rester dans les mains d'Antonella, elle fait attention à la fermer doucement, pendant que le taxi se met en route. Le klaxon semble bloqué, c'est un mode d'expression pas un défaut de fabrication.

18h06

Alors que le *servicen* remonte la rue Pharoun, des bruits comme des pétards éclatent à leurs tympans. Quelques-uns d'abord, puis le bruit s'accélère, comme une rafale. Antonella et sa belle-sœur se regardent étonnées. Les passants cherchent à se rassurer du regard. Ça n'est pas un bruit habituel, ni un tir de roquette, ni de kalachnikov que chaque adulte ici sait distinguer. En direction du port, comme un champignon blanc s'élève dans le ciel, bien visible au-dessus des immeubles.

18h08

Autour de la voiture, une fumée blanche se répand. A l'intérieur du *servicen*, les fenêtres implosent et une force les propulse. Au même moment, le souffre de l'explosion projette les passants contre des murs, les habitants hors de leurs canapés.

Et pendant une fraction de seconde, le bruit du silence.

A 300 mètres du port, en ligne droite directe, sans le moindre obstacle, le Skyline. Le souffle causé par la détonation a pulvérisé toutes les fenêtres du bâtiment, lacéré ses terrasses, arraché son bardage, déchiqueté toute son enveloppe extérieure. Comme si un monstre l'avait dépecé, lui laissant les entrailles à l'air et quelques os pour tenir encore debout.

Au treizième étage, dans l'ancien bureau d'Elias, c'est un bout du bardage noir arraché qui vient se ficher juste à côté du cœur de Lina.

Au-dessus, le ciel est devenu noir.

La seconde déflagration dans le hangar 12 expédie en aller simple deux cent vingt âmes dans l'au-delà. L'onde de choc de l'explosion a la violence d'un dixième d'Hiroshima. On mesurera plus tard que l'explosion a créé un cratère de 210 mètres de long, et 43 de profondeur. Plus de 6500 blessés. Le souffle de l'explosion est ressenti à plus de 200 kilomètres de là.

Une heure auparavant, des soudeurs sont venus réparer la porte du hangar 9 où sont entreposés des feux d'artifice. Des étincelles de leur poste à souder ont entraîné l'allumage des feux d'artifice, et un incendie qui s'est propagé au hangar 12.

Troisième explosion

- Réponds, réponds, s'il te plait réponds !!
Elias compose pour la cinquième fois le numéro tout en courant. L'inquiétude se transforme en peur diffusée par ses pulsations cardiaques qui résonnent comme un tambour à ses oreilles, transmises à ses jambes qui survolent le tapis de morceaux de verre dont les routes sont jonchées. Les passants sont hébétés, sonnés, ensanglantés pour la plupart. A mesure qu'il fonce vers le centre-ville, la fumée s'intensifie, une odeur de métal fondu, de brûlé et de poussière pique sa gorge. La panique commence à le gagner à la vue des façades soufflées, des voitures aux airbags déclenchés recouvertes de débris. Une sensation de froid qui glace s'insinue dans ses veines malgré la chaleur. Les devantures des magasins sont béantes, des rideaux déchirés pendent de façades sans fenêtres ni balcons. Il ignore ce qu'il s'est passé, il a entendu une explosion et vu s'élever haut dans le ciel du côté du port une éruption de fumée grise, puis comme un large dôme rouge orangé, et dans sa foulée un immense champignon d'émanation blanche. Juste après il a ressenti un choc violent comme un tremblement de terre et une déflagration

assourdissante. Il entend les personnes hagardes dans la rue gémir, crier, appeler à l'aide, certains portent des blessés. Que s'est-il passé ? Une bombe ? Un attentat ? Un missile ? Le bruit était incomparablement plus fort que tous les bombardements qu'il a vécus, le souffle bien plus violent que celui qu'il a ressenti lors de l'explosion de la camionnette bourrée d'explosifs qui a tué le président Rafik Hariri, alors qu'il était juste à trois rues, tellement différent de toutes les sensations de guerre qu'il a connues. Son cerveau n'est pas en mesure d'analyser. Son corps, tel un automate programmé, essaie de se frayer un chemin dans les gravats, sans ralentir la cadence. Il enjambe les obstacles. Pourvu qu'elle aille bien, pourvu qu'elle aille bien, pourvu qu'elle aille bien… Toute son énergie est concentrée dans ces mots, il essaie de leur conférer le pouvoir de la protéger, comme une prière païenne adressée à un Dieu auquel il ne croit pas. Ses derniers échanges avec elle était si tendus, si plein de reproches, ils ne peuvent pas rester sur cette dernière discussion. Il arrive à trois cent mètres du port, ça fait peut-être vingt minutes qu'il court sans s'arrêter, il est en approche du quartier Gemmayzé. Le bruit des sirènes d'ambulance s'intensifie, les rues sont recouvertes de blocs de béton, de ferraille, des personnes de la défense civile essaient de l'empêcher de passer. Il prend de l'élan et passe le barrage, rien de peut l'arrêter. Pourvu qu'elle aille bien, pourvu qu'elle aille bien.

Rue Gouraud, à deux rues du port, le chaos est apocalyptique, tous les immeubles de la rue sont défoncés, une bonne moitié sont effondrés, le paysage est méconnaissable. L'odeur âcre irrite ses poumons et l'oblige à plaquer un mouchoir sur son nez. Il s'avance vers son immeuble encore debout, refait sonner le portable, se guide au bruit, escalade comme il peut les étages menaçant de s'écrouler. Il se surprend à la retrouver facilement, à peine recouverte par quelques gravas qu'il déblaie sans peine. Elle aura à peine eu le temps de ressentir le tremblement de l'immeuble, et n'aura pas souffert : un éclat de verre a tranché net sa carotide.
- Mama…
Elias serre sa mère dans ses bras, tout se casse à l'intérieur de lui. Il ne peut plus rien pour elle, il ne peut plus rattraper le temps, changer ce qu'il lui a dit la dernière fois, juste refermer ses yeux et lui murmurer je t'aime, je suis désolé, en lavant de ses larmes son visage gris de poussière. Longtemps il reste immobile.

En état second il finit par se ressaisir et compose le numéro de Lina. Il a un soupir de soulagement en entendant qu'elle décroche et se retrouve à nouveau percuté par une vague de terreur et d'appréhension alors qu'une voix d'homme lui répond. Une voix faible qui lui dit être à côté de Lina, lui-même trop blessé pour pouvoir l'aider à se déplacer. « Votre amie est salement blessée, si vous pouvez venez vite, il faut la transporter à l'hôpital ».

Elias embrasse le front de sa mère, déchiré de devoir la laisser là. A un secouriste sur place il donne sa carte, montre sa mère, dit qu'il va revenir vite. Tout ça lui parait irréel. Il fonce au Skyline.

Ses jambes le portent à peine, la conscience du choc commence à se diffuser dans son corps. Il résiste, se force à avancer, et il doit convoquer toute sa volonté pour dépasser le tremblement qui l'a envahi. Il ne reconnait presque plus rien de ce quartier familier, il laisse sa mémoire parcourir le chemin si souvent arpenté entre chez sa mère et le Skyline. La vision de l'état de la tour le plonge dans une sidération mêlée d'incompréhension. En bas du gratte-ciel, il avise un groupe de jeunes gens qui rassemble les blessés. Avec trois d'entre eux, il se lance dans l'ascension des escaliers intérieurs, qui présentent des fissures inquiétantes. Parvenu au treizième étage de ce qui lui semble un temps interminable, il découvre Lina inconsciente allongée dans le hall, du sang imbibe et tâche de rouge la maquette renversée au sol. L'homme à côté d'elle s'est fait un garrot à la jambe, il n'a plus la force de parler, il soulève juste sa main en signe de reconnaissance. Elias se penche pour écouter la respiration de Lina, elle respire, son pouls est faible. Avec précaution, Elias et les jeunes gens installent Lina puis l'homme sur des tables de bureau dont ils ont retiré les pieds. Le plus délicatement possible ils entreprennent la descente. Des personnes qu'ils croisent en bas les préviennent que les trois hôpitaux les plus proches, surtout l'hôpital Geitaoui et l'hôpital Saint George sont dévastés, et qu'il faut évacuer plus loin. L'un des jeunes gens propose sa voiture pour rejoindre l'hôpital l'Hôtel-Dieu de France. Elias ne sait pas si Lina l'entend, mais il lui parle tout le long du trajet, il lui promet que ça va aller, il la supplie de s'accrocher. Arrivés à l'hôpital où Lina et l'homme sont pris en charge, le jeune homme qui les a conduits repart. Elias échange un regard de reconnaissance avec lui, touché de cette solidarité spontanée, de cette humanité dans l'adversité, par ce courage de héros anonymes.

Lina doit rejoint le bloc opératoire dans quinze minutes. Il fonctionne grâce à un générateur pendant les pannes d'électricité. Le médecin a prévenu Elias. L'opération va durer deux ou trois heures, elle est délicate mais il y a des chances de succès. Elias se rassure en pensant que dans cette médecine de guerre, avec le peu de moyens restant, les médecins n'opèrent que ceux qui ont des chances de s'en sortir, ils n'ont plus le luxe de tout tenter. En attendant il descend à l'entrée où une collecte de sang s'est mise en place dans l'urgence. La queue s'allonge, les beyrouthins ont depuis ces années de guerre intégré des réflexes de crise. Une femme en pleurs montre sur l'écran de son téléphone une photo de famille posée, deux jeunes hommes souriants encadrant deux jeunes femme. Elle remonte toute la queue, puis interpelle toutes les personnes en blouse blanche qu'elle croise : avez-vous vu mes frères ? Ils s'appellent Charbel et Adil Hitti. Ils sont pompiers. Ils étaient au port. Les avez-vous vus ? Les avez-vous vus ? Les dénégations désolées ne la découragent pas. Chaque personne qui rentre, blessée ou non, est interrogée. Mendiante d'information et d'espoir, elle s'accroche au fait de ne pas encore savoir. Ils sont ainsi nombreux à faire le tour des hôpitaux à la recherche de proches.

Elias s'approche de la jeune femme.
- Mon amie va entrer au bloc. Si vous voulez, je peux montrer la photo au chirurgien et lui demander de la faire circuler parmi les autres médecins. S'ils les ont vus, opérés ou soignés vous le saurez.

Elias remonte à l'étage suivi de la jeune femme, au moment où Lina, inconsciente, est amenée en salle d'opération. Il a juste le temps d'interpeller le médecin, qui prend en photo l'image et note le nom des disparus, le portable et le nom de la jeune femme avant de disparaître derrière les portes battantes.
Elle se tourne vers Elias en lui tendant la main.

- Merci pour votre aide.
- Je vous laisse, je continue, je vais à l'hôpital Rafic Hariri.
- Courage à vous, je vous souhaite de retrouver vos frères rapidement, sains et sauf.

　Elias s'effondre sur un siège. Combien de fois encore ce pays succombera-t-il avant de ne plus exister ?

L'adieu

L'église Saint Joseph vibre et s'expand sous l'effet de l'Ave Maria de Schubert. Seuls ses vitraux soufflés rappellent l'actualité, à l'intérieur, des volontaires se sont activés pour remettre en état les lieux où le prêtre officie quatre cérémonies d'enterrement par jour, du jamais vu de tout son ministère. Son visage porte des traces de coupures, comme beaucoup de beyrouthins, il a été atteint par des éclats de vitre.
- Sofia Elkhouby, ton âme a été tragiquement rappelée par notre Seigneur et Créateur, puisses-tu reposer en paix en ta dernière demeure.
Elias est arrivé le premier, une heure avant la cérémonie. Il a sur le cœur et la conscience des choses trop lourdes qui ne peuvent s'apaiser que dans le silence d'une église. Il se tasse sur son siège, il s'est recroquevillé au bout de la travée latérale, en retrait, seul. Les larmes coulent en silence sur ses joues rentrées dans son cou, seuls quelques soubresauts trahissent ses sanglots. Il a fait signe au prêtre, venu le saluer, qu'il ne prendrait pas la parole, il a trop de choses à se faire pardonner par sa mère. Quoi dire alors que l'histoire n'est pas allée jusqu'au

bout ? Il sent que rien de ce qu'il pourrait dire serait juste, il préfère lui parler sans témoin.

Au troisième rang, deux vieilles dames en mantilles noires pointent du doigt Elias. L'une chuchote à l'autre :
- Ça ne serait pas le fils de Sofia assis là-bas ? Celui qui l'a expulsée de son appartement pour construire la tour ? Quelle honte, vraiment quelle honte.

Ses anciens voisins sont là, serrés au deuxième rang, les Baqlini, la vieille Catherine. Elias ne voit personne, il garde la tête penchée, ses yeux mouillés déforment la scène.

Les grandes orgues résonnent dans les murmures entrecoupés de reniflements. D'un seul mouvement, toutes les personnes assemblées se lèvent. Le cercueil de Sofia Elkhouby, soulevé par quatre hommes en noir sort sous un alléluia majestueux.

Vide

Ce qui m'a frappé le lendemain matin de l'explosion, c'est le silence de la ville. Aucun bruit d'oiseau, aucun aboiement, tous ces sons auxquels je ne prête pas attention d'habitude, cette sorte de bruit de fond me marque par son absence. Et puis le silence des hommes aussi. D'habitude on se parle fort pour couvrir les klaxons incessants, les pétarades de motos, les pneus des voitures qui crissent au démarrage, les vendeurs ambulants qui alpaguent le chaland. Là rien. Des chuchotements, des discussions réduites à l'essentiel, juste des mots pour désigner où chercher les personnes ensevelies. C'est tout. Même les larmes étaient silencieuses, nous qui sommes un peuple aussi démonstratif dans la joie que dans la tristesse. Alors je me suis mis à marcher dans Beyrouth. Depuis deux semaines je crois, j'ai perdu le décompte des jours, je n'arrive pas à m'arrêter. Mes pas obéissent à leur propre impératif et m'entrainent dans les rues défigurées, dans des quartiers où je n'ai jamais mis les pieds. J'avance sans discontinuer avec un irrépressible besoin de mouvement. Le seul lien avec mon passé, c'est la voiture de ma mère. Devenue matrice, je reviens y dormir le soir, *après mes kilomètres de pérégrination. Sa vieille Honda a échappé à l'explosion, je ne sais comment. Elle n'a plus de vitres mais elle roule et je l'ai emmenée en périphérie du centre, à l'abri des décombres.*

Je n'ai plus de villa, plus d'appartement, plus de Porsche, plus d'Austin Cabriolet, plus de BMW, plus de Cadillac, plus de moto, plus de société, plus d'atelier, plus de collaborateurs, plus de réputation, plus d'admirateurs, plus de collection d'œuvres d'art, plus d'habits de créateurs, plus d'Amex platinium, plus de collection de montres. La liste de ce que j'ai perdu n'en finit pas. Je me sens aussi fragile qu'un nouveau-né orphelin. Je suis renié par mes amis, banni par mes connaissances, déboulonné de mon piédestal par ceux que je ne connaissais même pas.

Je ne sais plus comment me comporter, je marche vouté, j'enfonce ma casquette au maximum, je baisse les yeux, j'ai peur de croiser des regards connus et les voir se détourner de moi. Toute mon assurance a disparu, cette certitude qu'il suffit que je veuille pour que ce soit s'est volatilisée, comme un tableau karchérisé dont les couleurs et l'image ont dégouliné. Une capacité à laquelle je n'ai plus accès. J'ai été chassé du monde des puissants, du monde de ceux qui réussissent.

Cette peur viscérale d'échouer qui m'a toujours habitée s'est réalisée bien plus que dans mes pires cauchemars. Impossible d'échouer davantage et devant plus de témoins. Mon nom même résonne d'échec et de courants d'air. Tout est cassé, détruit, mort, je suis une coquille vide, non, plus que cela, je ne suis rien. Comme si j'étais ce que je possédais, et sans avoir je n'étais plus.

En temps normal, je sais que j'inventerais une pirouette, une belle histoire, un petit mensonge auxquels je finirais par croire vraiment, et qui m'aiderait à rebondir en prenant appui sur les autres. Mais là, même ce réflexe familier de survie, j'en suis incapable. Je n'arrive plus à réagir, je ne vois aucune solution.

A ma grande surprise, je continue pourtant à être, une partie de moi ne s'est pas effondrée. Comment est-ce possible ? Mais qui suis-je donc ? Je ne sais pas et je crois avec surprise que je n'ai jamais su. J'ai la sensation d'avoir vécu avec un inconnu familier, je suis étranger à moi-même. Jusqu'à mon nom que je me répète en boucle me parait parler d'un autre. Qui suis-je donc ? C'est un vide abyssal qui me renvoie en écho ma question. Alors je marche, l'immobilité est trop douloureuse. Je marche pour ne pas ressentir le vide. Je marche et peut être trouverai-je des réponses là où mes pas me portent.

PARTIE 3

- Regarde-moi.
- ...
- Elias, regarde-moi. Que s'est-il passé ? Aucune nouvelle de toi depuis des mois.
- ...
- Je t'ai cherché partout après l'explosion. Disparu, silence radio. Personne ne t'a vu.
- ...
Les poings serrés, le visage de Lina imprime par lames successives soulagement, crispation et tristesse. Ses yeux ne savent pas comment le regarder, à la fois incrédules, émus et en colère. Elle se tient face à Elias, lui barre le passage dans cette rue proche du palais de Justice.
- Où étais-tu ?

Le regard d'Elias flotte au loin, son corps tangue, partagé entre un mouvement de fuite et l'impossibilité de le faire vu ses bras chargés.
- Je dois la conduire à l'hôpital, articule-t-il en désignant d'un mouvement de tête la jeune fille qu'il porte dans ses bras.
- Ma voiture est garée juste là, je t'accompagne.

L'échange de regards entre Antonella, Taline et Lina ressemble à un western urbain. Elles se jaugent, s'évaluent. Ne savent pas si elles se rangent dans le camp des amis, des ennemies, ou des gens neutres. Elles font des suppositions

sur leurs rôles respectifs dans cette rencontre improbable.
- Taline.
- Lina.
- Antonella.
Chacune prononce gravement son prénom, alors que quelques tirs de kalachnikovs se font entendre au loin. Le décalage d'un temps conventionnel et d'une ville en chaos.
- Allons-y, c'est par là.
Lina prend la tête de l'escorte.

***

Taline vient d'être prise en charge, Antonella est restée près d'elle. Elias entraîne Lina dehors, il la connaît trop bien. Elle est capable d'un esclandre en plein hôpital. Surtout, il doit l'éloigner de toute urgence d'Antonella.

- Elias, qu'est-ce qui t'a pris de disparaître ? Tu peux m'expliquer ? On ne disparait pas comme ça. Je t'ai appelé, puis cherché partout lorsque j'ai pu bouger. Personne ne t'a vu.
- ...
- Elias, parle-moi.
- Pour dire quoi ? Je n'ai pas réfléchi. Juste je n'arrivais plus à faire semblant.
- A faire semblant ?
- Je suis un échec ambulant, tout s'est écroulé.
- Et donc tu as choisi de t'évaporer ? De me laisser m'inquiéter ?

- Je n'ai pas pensé à ça. Juste je suis parti. Et plus les jours passaient, plus c'était difficile de revenir.

- Quoi tu m'expliques que tu as fait une dépression c'est ça ?

- Non, je ne crois pas. J'en sais rien. Je sais pas trop t'expliquer. J'ai laissé tomber ma vie comme un vieux manteau, je n'arrivais plus à supporter le regard des autres.

- Tu n'arrivais pas à supporter mon regard non plus ? Après tout ce qu'on a vécu ? Tu m'as laissée en plan. Tu m'as trahi une deuxième fois.

- C'est pour toi que je l'ai fait.

- Ah non pas de ça avec moi. Ta mère gobait, tes admirateurs y croyaient mais ne joue pas avec moi là-dessus. Tu ne penses qu'à ta petite gueule Elias, qu'à tes problèmes. Tu es le centre de ton monde, tu te regardes le nombril et espère que tout le monde va faire de même.

- …

- C'était qui cette fille que tu portais ? Une de tes pseudo conquêtes ? Tu continues ton n'importe quoi ? Elle a l'âge d'être ta fille.

- Une amie. Les deux sont des amies. Des personnes que j'admire et que j'ai la chance de pouvoir croiser souvent. Écoute, merci pour ce que tu as fait aujourd'hui. Seulement ma vie d'avant est en ruine. J'ai tout saccagé et je ne peux plus rien reconstruire. Je n'attends pas de toi que tu comprennes ce que je ne comprends pas moi-même.

- Ne me ressers pas ce couplet d'homme maudit. Arrête de fuir. Tu crois qu'il suffit de changer de vie pour effacer la précédente ? A quoi tu joues ?
- Lina, tu peux comprendre que c'est trop ? Je n'arrive pas à affronter qui j'étais.
- Dis-moi où tu vis au moins.

Pour toute réponse, Elias serre Lina contre lui, fort. Puis sans ajouter un mot, il fait demi-tour et retourne dans l'hôpital.

- Pourquoi cette femme t'a appelé Elias ?
- …
- Enfin Sam, réponds, que se passe-t-il ? C'est pour ça que tu ne parles jamais de ta vie ? C'était qui cette personne ? Ta femme ? Ta sœur ?

Antonella capitule, elle commence à le connaître. Il ne lâchera rien.

- Bon, j'arrête de te poser des questions, tu parleras quand tu seras prêt. Je peux tout entendre, tu sais ?

Revenant à la raison qui les angoisse pour l'instant elle ajoute :

- Je viens de parler au médecin. L'opération devrait durer encore un peu, on en saura plus après pour Taline. Il dit que la balle est entrée en profondeur dans la cuisse, mais qu'aucune artère n'a été touchée. Attends ici, si jamais des nouvelles nous sont données plus tôt. Je vais chercher un café, je te ramène quelque chose ?

Antonella descend les escaliers en courant. Avec un peu de chance *elle* est encore là. C'est le cas. Dos à la porte d'entrée, la femme voilée est au téléphone.
- Oui, j'ai retrouvé Elias. Je t'assure. Amaigri, barbu, sale, vieilli. Mais vivant. Il n'a pas voulu dire ce qu'il lui est arrivé, pourquoi il a disparu. Tu sais comme il est fier…
Antonella la contourne et lui fait un petit signe.
- Je te laisse, je te tiens au courant, je te rappelle vite.

Les deux femmes se regardent, sans savoir qui va oser commencer. Antonella se lance.
- Vous connaissez Sam depuis longtemps ?
- Sam ?
- Oui, Sam…
Lina se fige pendant quelques secondes, comme si un fusible d'information avait disjoncté.
- … celui que vous avez appelé Elias, complète Antonella.
- Je le connais depuis longtemps oui, plus de vingt ans. J'ai été sa collaboratrice, je suis aussi son amie. Enfin, sur ce dernier point je ne sais plus trop je vous avoue. La dernière discussion dont je me souvienne avec lui, elle date de quelques jours avant l'explosion. Je n'arrive pas à trouver la mémoire sur les deux jours qui la précède. Je suis sortie du coma cinq jours après l'explosion, et lorsque j'ai pu sortir je l'ai cherché partout. Depuis rien, aucune nouvelle. Impossible de le joindre. Les dernières

personnes qui l'ont vues, c'était le jour de l'enterrement de sa mère, j'étais encore dans le coma. Apparemment il n'a parlé à personne, il a assisté à la cérémonie dans un coin reculé de l'église, la tête baissée tout le temps. C'est une ancienne voisine de sa mère qui me l'a raconté. Personne n'a osé lui présenter ses condoléances et il est parti avant la fin.
- Vous dites que vous étiez dans le coma ?
- Oui, je me suis réveillée à l'hôpital, personne n'a pu me dire comment je me suis retrouvée là. Je comprends en même temps, visiblement ça a été le chaos avec l'afflux massifs de blessés.
- Je peux vous demander dans quel hôpital vous étiez ?
- J'étais à Dieu de France.
- Alors c'est vous qu'Elias a accompagnée à l'hôpital après l'explosion, le jour où je l'ai rencontré ! C'est sûr. Je ne vous ai aperçue que furtivement avant que vous ne rentriez en salle d'opération. Vous aviez une plaie qui saignait abondamment près du cœur, c'est bien ça ?
- Oui. Ce serait donc Elias qui m'a transporté ? Mais pourquoi n'a-t-il rien dit ?

Antonella raconte sa visite des hôpitaux à la recherche de son frère et de son beau-frère, sa rencontre avec cet homme qui lui a proposé de transmettre la photo, puis sa deuxième rencontre avec lui quelques semaines plus tard, par hasard dans la rue, où il lui a dit s'appeler Sam et que son amie n'avait pas survécu.
- Qui est-il vraiment ?

- Il s'appelle Elias Elkhouby
- Elkhouby, Elias Elkhouby, ça me dit quelque chose. En même temps c'est un nom fréquent
- Il est architecte.
- Architecte. Elkhouby. Vous voulez dire l'homme à femmes véreux qui a trahi et exproprié sa propre mère ?
- C'est un peu plus compliqué que cela dans la réalité mais oui, c'est lui.
- Un menteur quoi, un parvenu, un profiteur du système !
- Vous ne le connaissez pas comme moi je le connais.
- Ce que j'en sais me suffit largement.

Sa voix est devenue métallique, son visage est crispé, ses poings se sont serrés sans qu'elle s'en rende compte. Antonella sur ces mots fait demi-tour et retourne à l'intérieur de l'hôpital.

***

- Savez-vous où je peux trouver Kamal aujourd'hui ?

Vitres filmées de plastique, masses, cartons empilés, étagères, jeannettes ouvertes débordant d'outils, le local de l'association dans l'arrière-cour d'un immeuble criblé de balles est un capharnaüm, une caverne du bricolage. La fille est brune, un port altier, ses gestes sont vifs, elle ne reste pas deux secondes en place. La question ne l'a pas stoppée dans

son élan, elle rassemble du matériel et coche une liste qu'elle tient à la main. Son badge indique son prénom : Antonella. Les yeux d'Aymen El Din enregistrent mentalement les détails. Son métier veut ça bien sûr. Mais cette quête, c'est au-delà de cela. Elle a un goût de chasse au trésor, un parfum de jeu d'enfant, une quête du pied de l'arc-en-ciel. Sans commande de son journal, il avance sur son temps personnel. De façon irrationnelle il le reconnait, il n'arrive pas à laisser la question sans réponse. Qui est Courbsky ? Il échafaude des histoires, des raisons, des explications. Si près du but, inenvisageable d'arrêter. Depuis qu'il a perdu la personne qui partageait sa vie dans l'explosion, c'est comme si tout ce qui restait de vivant en lui s'accroche à ce semblant d'espoir.
- Pourquoi cette question ?
- Vous n'avez pas un planning où vous recensez les volontaires ?
- Que lui voulez-vous ?
- Juste le rencontrer.
- Pourquoi ?
Aymen hésite. Que dire pour faire baisser la méfiance ? La vérité trop dure à dire ? Quelle histoire sinon ?

Tout plutôt que lâcher ce fil d'ariane.
Pourtant celui-ci se tranche net sans qu'il ait eu le temps d'inventer une réponse.

- Il est parti vivre à l'étranger de toute façon. Il y a quelques semaines.

Il est arrivé trop tard.
- Dans quel pays, savez-vous ? A-t-il laissé une adresse ?
- Il est parti au Canada.
- J'ai besoin de lui parler. Je comprends que vous vous méfiez. Acceptez-vous de lui transmettre mes coordonnées ? J'aimerais pouvoir lui parler avec lui. J'ai des questions importantes pour lui.
Sans attendre la réponse, il griffonne ses coordonnées sur une page de son carnet et le tend à la fille.

***

- Vous garderez une légère claudication, c'est la mauvaise nouvelle. Mais vous pourrez remarcher dans quelques semaines, vous ne devriez pas avoir besoin de canne à terme.

Le chirurgien montre à Taline les radiographies tout en livrant son diagnostic. Une tension contracte le visage de Taline. Une fraction de seconde ses yeux s'embrument et le clignement de paupière d'après, comme une diapositive sans transition, ce sont des yeux secs et déterminés qui ont pris place. Elle a eu de la chance pense-t-elle. Elle se tourne vers Sam et vers Antonella.

- Ma chérie, c'est une excellente nouvelle, ça aurait pu avoir tellement plus de conséquences. Tu vas pouvoir marcher, ta jambe est intacte. Et tu vas surmonter le boitement comme toujours, tu es forte, lui dit Antonella
- Antonella a raison, tu récupéreras vite. Ta bonne étoile ne t'a pas quittée.
- Si vous n'avez pas d'autres questions, renchérit le chirurgien, je repasserai ce soir.

A peine la porte fermée, Antonella se tourne vers Sam, l'ambiance a perdu plusieurs degrés d'un coup.
- Tu t'es bien gardé de nous dire la vérité sur qui tu étais, espèce de lâche hypocrite. Tu comptais continuer ce petit manège longtemps ? Tu nous as utilisées, tu t'es drôlement moqué de nous. Je te hais Sam, Elias ou qui que tu sois. Tu n'as guère de valeur et aucun courage. Sors d'ici et n'essaie plus de nous voir.

Devant la violence et la soudaineté de l'impact, Sam n'arrive à trouver aucun mot et ne peut que s'exécuter. Taline est quant à elle comme figée, son cerveau essaie de donner un sens à ce qui est en train de se passer sous ses yeux

- Mais qu'est-ce que tu as fait, qu'est ce qui t'a pris Antonella ?
- Taline je viens d'apprendre par la personne qui nous a conduit ici que Sam n'est pas sa

réelle identité. Il s'appelle en fait Elias Elkhouby, tu sais, ça a fait la une des journaux il y a deux ans peut être. L'architecte qui avait magouillé pour s'enrichir et faire construire le Skyline – ça encore, à Beyrouth, c'est plutôt les oies blanches qui sont rares – mais pour arriver à ses fins il avait carrément fait exproprier sa propre mère. Tu te souviens de cette histoire ? Tu te rends compte de la moralité du type ? Je te passe le côté bling bling, le luxe m'as-tu vu et le nombre de starlettes qui ont défilé à ses côtés, visiblement il donnait dans tous ces clichés. Pendant tous ces mois je me suis interdite de lui poser des questions et d'insister, idiote que j'étais. Je me disais qu'il était peut-être en danger, qu'il avait un lourd passé, qu'il avait pris des risques et qu'il s'était exposé par rapport au Hezbollah, ou peut-être même qu'il faisait ça pour nous protéger. Je m'étais imaginé plein de bonnes raisons de ne rien dire sur lui, mais ça, non, je n'aurais jamais imaginé ça.

***

- Pourquoi ne m'avoir rien dit ?
- Je ne suis qu'une fraude, un échec ambulant.
- Mais pourquoi ne m'avoir rien dit ? insiste-t-elle
- Pour que tu aies pitié de moi ?
- Comment tu peux dire ça ?

- Franchement, j'ai l'impression d'être un caméléon qui se glisse d'une vie à l'autre sans consistance interne. Que l'intérieur de moi est flasque, creux, juste un vide à travers lequel je passe la main, que je traverse sans que rien ne l'arrête.
- Arrête Elias, je te connais depuis des années. Tu as empilé les masques, c'est vrai. Tu ferais tout et surtout n'importe quoi pour briller. Mais tu es aussi talentueux. Tu refuses de te montrer vulnérable.
Elias se tient droit, contracté et en alerte sur un fauteuil dans le salon de Lina. Elle est assise en tailleur sur un pouf au sol.
Lorsque Lina s'obstine, rien ne lui ferait lâcher son objectif. Il n'a pas été surpris lorsqu'il l'a vue débarquer sur un des chantiers de l'association. La fuite est finie, dans un sens il lui sait gré de l'obliger à affronter sa vie.

***

L'idée a germé alors qu'elle était à l'hôpital, dans les longues semaines qui ont suivi son opération. Lina y a pensé pendant que de son lit elle regardait par la fenêtre sans vitres la ville métamorphosée. Une ville lacérée, comme si une guerre et des missiles l'avaient percutée. De la hauteur où elle se trouvait, le trajet de l'onde de choc était tristement visible.

Une ONG d'architecture. Voilà ce qu'il fallait qu'elle crée. Reconstruire la ville.

Effacer l'horreur. Cicatriser avec de la beauté. Elle pouvait mettre à profit son temps de convalescence pour avancer sur ce projet. Ses frères, ses sœurs, ses parents ont vu cela d'un bon œil, après l'abattement qui a suivi son réveil. La violence du choc, deux amis décédés, Elias disparu. Comme tant d'autres autour d'elle, elle est restée prostrée un temps, elle a fait des cauchemars, sidérée par ce qu'elle voyait de sa fenêtre, par ce qu'on lui racontait. Elle n'a aucun souvenir de l'explosion, elle se souvient juste s'être dépêchée, d'avoir couru, puis plus rien. Une amnésie complète. Elle s'est réveillée quelques jours plus tard, personne n'a pu dans la confusion et l'afflux de blessés lui expliquer comment elle était arrivée là. Elle se dit que la solidarité spontanée est grande dans les moments de catastrophe, elle en avait déjà été témoin lors de la guerre civile. Alors elle bénit de son lit ses sauveteurs anonymes.

Dans la chaleur moite de ces dernières semaines d'août, elle a conçu son projet d'ONG pour la reconstruction d'écoles et d'hôpitaux. Elle a activé ses contacts. Lina a passé des coups de fil. Depuis toutes ces années dans l'ombre d'Elias, elle connait du monde, beaucoup de monde. Elle a sollicité des architectes, des plus jeunes, ceux de la nouvelle génération. Elle a découvert le complexe de supériorité des ONG internationales, leur volonté de ne pas favoriser l'émergence d'initiatives locales, et « la dollarisation » qui crée une économie de l'aide avec deux classes, une payée en dollar et les autres en monnaie locale. La difficulté d'accès à des fonds si l'on n'est pas une organisation internationale. Il n'y avait pas grand-chose à tirer du monde politique non plus, elle a préféré s'adresser à des mécènes qu'elle connaissait, des entrepreneurs, dans les entreprises du bâtiment. Elle a confié à quelques bénévoles les clés de son petit deux pièces et très vite un ballet a envahi son salon, ses murs se sont couverts de plans.

***

La qualité du son n'est pas bonne. La voix est coupée par moment. Mais dès qu'il a entendu la voix au téléphone, Aymen n'a pu s'empêcher de ressentir une pointe douloureuse au plexus, comme une flèche qui se plante. La voix n'est pas celle qu'il espérait entendre. Celle-ci, il ne la connait pas. Il se raisonne : que croyait-il ? Il reste un espoir que cette voix le mène à cette voix qu'il espère entendre à nouveau.
- Merci d'avoir accepté cet entretien. Comme je vous l'ai écrit, je suis journaliste à l'Orient-Le-Jour, et j'enquête actuellement sur les œuvres de street art qui sont apparues après l'explosion.
- Je ne vois pas tout à fait en quoi je peux vous aider.
- Est-ce que vous voyez à quelles œuvres je fais référence ? Je vous en envoie quelques-unes par texto.

Le silence s'installe au bout de la ligne.
- Écoutez, ça ne me dit rien. Vraiment rien. Vous dites que ces photos ont été prises où ? A Beyrouth ?
Aymen est tout aussi perplexe.
- Vous êtes sûr de ne pas reconnaître ces images ?
- Sûr, je suis même étonné de votre appel.
- Une dernière question cependant : faites-vous partie de l'association «Fight for Beyrouth ? »
- Oui, j'en ai fait partie jusqu'à mon départ.
- Est-ce qu'une personne dans votre entourage, chez « Fight for Beyrouth », pourrait être l'autrice ou l'auteur de ces dessins ?
- Non je ne vois pas, je suis désolé de ne pouvoir vous aider plus.

Aymen raccroche. Fausse piste, impasse, découragement, chute d'espoir de quinze étages. Jamais il ne retrouvera Courbsky.
Alors lui vint une idée.

***

Très vite, l'ONG de Lina a été dépassée par la demande. Le besoin de fonds s'est fait sentir. En regardant une vidéo caritative, Lina a imaginé organiser une soirée de crowd funding à destination de la diaspora libanaise. Rien de tel qu'un spectacle et des célébrités pour faire monter les enchères. L'infrastructure à Beyrouth ne permet plus l'organisation de tels évènements, elle a choisi d'organiser simultanément un évènement en France et aux Etats-Unis. Monica Belluci a accepté immédiatement de faire partie des invités, elle l'a aidé à réunir et monter une scène digne de ce nom. Une équipe motivée, des étudiants, des anciens collaborateurs s'est fédérée autour de ce projet, et très vite une première soirée en septembre a eu lieu. Lina a contacté Antoine à Paris. Son cabinet d'architecte s'est associé à la soirée, et ils ont réussi à mobiliser quelques-uns de leurs clients importants internationaux.

C'est en revenant à Beyrouth, accueillie par des journalistes couvrant l'évènement, que Lina a recroisé pour la première fois Aymen. A l'aéroport un point presse était organisé. Lorsqu'elle l'a aperçu son regard s'est détourné, sa mâchoire s'est crispée, elle a essayé de trouver un autre chemin. Il ne lui en a pas laissé la possibilité, l'entourant comme ses autres collègues telle une mouche prise au piège. Elle lui a lancé un regard lourd de haine, et n'a sciemment répondu à aucune de ses questions. Lorsque les journalistes se sont dispersés, Aymen l'a rattrapée.
- Laisse-moi t'expliquer Lina, vraiment il faut que l'on parle.
- Je ne parle pas avec les traitres.
Elle a bifurqué d'un coup, le semant parmi les passants et les voyageurs du terminal.

***

Lorsque Lina a retrouvé Elias, elle a voulu qu'il s'investisse dans l'association. L'association grossissait vite, elle avait besoin de compétences, cela faisait déjà un an qu'elle existait, et la masse de travail à abattre était toujours plus importante. Elias devait l'aider, son soutien pouvait faire la différence. Ca lui semblait aussi salutaire de le pousser d'investir à nouveau son ancienne vie.

Il a été difficile à convaincre. Il a fini par accepter à condition que son nom n'apparaisse jamais. Lina a tenté de lui faire changer d'avis. Bonne ou mauvaise publicité, tout ce qui fait parler permet d'exister. Il est resté intransigeant sur ce point. Jamais son nom n'apparaitra, il collaborera avec les autres architectes, apportera son aide, son savoir-faire sans que publiquement cela ne se sache.Très vite, la passion a repris toute sa place, très vite il s'est enthousiasmé sur des plans, des maquettes, très vite il s'est nourri des échanges avec les autres architectes, des confrontations d'idées.
Lina a alors espéré que la vie d'avant soit à nouveau possible et qu'Elias y reprenne sa place.

***

- Antonella, il est temps d'arrêter d'être en colère contre Elias. Oui, il nous a menti, mais ça n'est pas à nous qu'il a fait du mal directement. A exiger la perfection autour de toi, peu de personnes peuvent rentrer dans tous les critères. J'ai discuté avec lui, tu sais, je continue à le voir régulièrement. C'est toujours le chic type que l'on a rencontré. Il a fait des erreurs, il les a payées très cher. Il ne se sort pas de sa culpabilité. Arrête d'être en boucle, vois-le, parle lui.
- Jamais, ce type de personne a deux visages, je ne pourrai plus avoir confiance. S'il retourne sa veste encore une fois, ce qu'il sait sur nous, sur Nour, sur nos combats, ça risque d'aller directement aux oreilles de nos pires ennemis. Tu devrais te méfier Taline, vraiment, fais attention.

***

Aymen les a tous conservés. Croquis, esquisses, dessins sur un bout de nappe, sur un bloc note lorsqu'il téléphonait. Les formes reviennent, un pattern dessiné encore et encore, une manie dont il ne prenait pas garde, une trace de passage, un signe subtil des temps heureux, cachés mais réel, des preuves de présence. Il les a glissés dans le tiroir de son bureau, celui qui ferme à clé et dont il cache la clé. Il s'interdit de l'ouvrir, et de rouvrir la plaie.

Cela fait des mois qu'il a ouvert son enquête, qu'il photographie et répertorie avec soin les graffitis. Qu'il interroge, sonde, questionne sans résultat. Il court après un fantôme, toutes ses pistes n'ont mené à rien, des impasses à chaque fois.

Il décide donc de changer de tactique et de mettre en application son idée. Un coup de fil à David Melhem et le projet est lancé. Une exposition sur les murs d'enceinte du palais Lascaris. Des photographies des courbes, mises en valeur, rassemblées, autour de ce monument qui est en train de renaître de sa destruction et qui ouvrira ses portes à tous. En attendant le spectacle sera dehors. David était enthousiaste, lui qui s'est passionné pour ce mystère dès qu'Aymen lui a parlé des autres dessins.

***

Les affiches collées sur les murs ont fleuri au mois de mars, de même que les affichettes apposées sur les pare brises. L'instagram du palais Lascaris, mais aussi celui de l'Orient-Le-Jour, mécène de l'exposition ont annoncé l'évènement avec ce titre énigmatique « Qui est Courbsky ? » et sa date d'inauguration : dans deux semaines.
Aymen est en pleine effervescence entre la coordination des photographes, des tirages, la scénographie et les points presse, sans compter

ses articles à écrire. Deux jobs, des journées trop courtes mais ça fait tellement longtemps qu'il n'avait pas ressenti cette énergie.

Le téléphone à l'oreille, il donne des instructions à son interlocuteur tout en répondant à un message.

- Il manque la photographie de la rue Pharoun, envoie Khaled demain matin pour la prise de vue. Et le tirage de la rue Roucheid El-Dahdah n'est pas au bon format. Après il nous reste la cartographie de la ville à compléter.

Il se rend compte que son débit de voix s'est accéléré et que son ton est devenu impératif.

- S'il te plait, ajoute-t-il

Plus l'approche de l'inauguration se concrétise, plus son ventre se serre d'une peur qu'il a du mal à maîtriser, une angoisse dont il devine la source, qu'il espère et redoute tout à la fois : que va-t-il en penser ? Va-t-il le retrouver ?

***

- Taline, tu ne me refais pas le coup ? Je passe te voir cet après-midi à 3h à l'hôpital. Tu ne le préviens pas.
- Antonella, je ne peux pas contrôler quand Elias décide de venir me rendre visite quand même.
- Ca n'était pas une coïncidence, je suis sûre que tu lui avais dit de passer en même temps que moi.
- Il va falloir que tu t'habitues à le croiser, non ?

- Je ne comprends même pas que tu acceptes de lui parler encore.
- Et moi je ne comprends pas que tu sois autant braquée contre lui, il ne t'a rien fait.
- Laissons là ce sujet, tu veux que je t'amène quelque chose en particulier à part le fauteuil ?

Taline fait des allers et retours dans le couloir, rouge d'efforts ou de fou rire. Comme si elles étaient sur un circuit automobile, Antonella a disposé quelques chaises à contourner, et complète en ajoutant de nouvelles instructions selon son inspiration.
Une infirmière sort de la salle de soin et leur demande de rire moins fort. Elles s'apprêtent à interrompre leur parcours d'obstacles lorsqu'elles voient Lina arriver au bout du couloir, chargée d'un sac énorme qu'elle porte en bandoulière sur le dos. Elle leur fait un grand signe de loin. Taline la rejoint en quelques coups de roue, Antonella n'a pas bougé et croise les bras.

- Tu es venue me voir ?
- Oui je voulais prendre de tes nouvelles directement. Elias me tient au courant bien sûr. J'ai cuisiné un peu, mais je ne savais pas ce que tu aimais.

Elles retournent dans la chambre qui se transforme en salle de restaurant odorante : chick taouk, fatteh, loubieh, koussa mehshi, kneffeh, elle avait cuisiné un peu de tout. Lina est tombée sous le charme de l'humour décapant de Taline, Taline a adoré la femme sans langue de bois énergique qui se trouvait face à elle.

Quelques ravitaillements plus loin, Taline lui a confié la réflexion qui commençait à germer alors que l'inactivité forcée la poussait à la remise en cause : monter sur scène un spectacle de one woman show, utiliser l'humour pour dire haut ce que beaucoup voient et pensent, pour montrer l'hypocrisie. Mener autrement le combat, avec ses outils à elle.

Lina l'a encouragée, a été son premier public pour tester ses sketches. Elle est revenue souvent, et à ces occasions a croisé Antonella, mise également dans la confidence. Bien sûr à trois, elles ont d'abord évité soigneusement le sujet de discorde.

Puis quand Taline a senti qu'Antonella était prête, elle a commencé à lui parler. Il était temps d'enterrer la hache de guerre, elle se trompait d'ennemis, et leurs combats étaient déjà nombreux.

**

Je suis venu t'attendre. J'ai tout mon temps. Je me cherche pourtant des prétextes pour partir. Mes pieds fourmillent d'aller ailleurs. Ma tête prend le relais. Peut-être es-tu parti pour un reportage, peut-être vas-tu rester déjeuner devant ton ordinateur. Depuis la pandémie et les explosions peut-être as-tu changé tes habitudes. Tu devrais être sorti déjà, je reviendrai demain. Derrière la vitrine les deux standardistes m'ont reconnu, elles me font un discret signe de la main auquel je réponds d'un sourire et d'un hochement de tête. Derrière elles les trois lettres en relief OLJ se détachent. Il fait chaud, je cherche l'ombre tout en privilégiant un bon point de vue d'observation. Les minutes s'additionnent, je regarde mon poignet et l'absence de montre à laquelle je n'arrive pas à me faire malgré la trace de bronzage effacée depuis longtemps. J'hésite, je décide de fixer une heure au-delà de laquelle je partirai. Dans onze minutes exactement à l'heure qui s'affiche sur le mur du hall, je reviendrai demain. Je m'efforce de rester immobile, seul mon pied droit ne m'obéit pas et imprime un mouvement de batterie. Respire.

Et puis je vois ton pas pressé, puis ta silhouette s'engager dans le tourniquet vitré. Nos regards se croisent. Tu te figes, tu t'arrêtes net, les portes se bloquent. Mon corps se tend, en alerte. Il y a tellement longtemps que je ne t'ai pas vu, la situation a quelque chose d'irréel. Je prends conscience de tout ce que je ressens encore pour toi, de tout ce qu'il aura fallu que je vive pour que cela ait une chance de remonter à la surface.

Tu appuies de toutes tes forces pour débloquer la porte et te libérer du tourniquet. J'ai *l'impression que tu avances vers moi comme au ralenti et je sens ma bouche s'assécher et mes pas se dérober. Une panique m'envahit.*

Nous restons un long moment sans rien nous dire, quelle parole peut être juste après tout cela ? Nos regards arrivent à trouver le courage de s'attraper, se lâchent le temps de reprendre des forces et se croisent à nouveau, de plus en plus ensemble.
Je finis par rompre le silence.
- Aymen, j'ai besoin de te parler.
- ...
- La situation est étrange.
- ...
Je te vois comme en apnée, incapable de bouger, de parler. Tu ne me lâches plus du regard, tu finis par laisser des mots monter à ta bouche.
- Je suis tellement désolé, Elias.
- ...
- Je t'ai fait tellement de mal.
- Moi aussi.
Nos premiers mots sont maladroits. J'ai fini par te dire :
- Si tu veux bien, on peut se revoir un peu, on peut apprendre à se reparler.
Tu ne dis rien mais tes yeux acquiescent.
- Je sais aussi que tu prépares une exposition lui dit-il en montrant d'un mouvement de tête l'affiche Courbsky dans la vitrine de l'OJD. Il n'y a que toi, Lina ou ma mère qui pouvez deviner que je suis l'auteur des graffitis.

- Bien sûr, tu te doutes que c'est pour te retrouver que j'ai imaginé cette exposition.
- J'ai besoin que tu promettes de ne jamais révéler que j'en suis l'auteur.
- Mais pourquoi ? Tu serais connu autrement. Tu rebondirais. Ce serait une nouvelle source de notoriété, une belle revanche non ? Et moi je pourrais me racheter après ce que je t'ai fait.
- Je ne souhaite pas me racheter comme cela, je ne veux pas que ce soit une opération pour redorer de mon image. J'ai fait ce que j'ai fait, c'est du passé, j'ai changé, je ne veux pas me focaliser sur mon image publique. Je vais apprendre à assumer qui je suis, avec mes erreurs. Tu sais, je dessine parce que j'en ai envie, pas pour que cela m'apporte une gloire ou de la lumière. Et je crois bien que si ça se savait, j'en perdrais un peu le plaisir. Pour la première fois je fais quelque chose non pour que cela me permette d'être apprécié, mais juste pour moi.
- Tu as changé Elias.

***

Lina a balisé le chemin, lancé l'idée, avancé les bénéfices, dosé son argumentation. Elle voit bien que cela va être difficile pour Elias d'ouvrir à nouveau un cabinet au Liban. Les fonds manquent, reparti à zéro est trop compliqué, le parfum de scandale le précède. Le cabinet parisien avait qui elle a collaboré pour le crowd funding est toujours aussi friand du travail d'Elias, Antoine le suit depuis des années, il avait apprécié leur rencontre à Paris, il y a presque dix ans. Aussi quand elle leur a suggéré la possibilité d'une association et d'une venue en France d'Elias Elkhouby, l'idée les a enthousiasmés. Ils sont parfaitement au courant de « l'histoire », ils ont gardé malgré tout à Elias toute leur estime. Reste maintenant à lui parler, mais l'opportunité est tellement belle que Lina est certaine de sa réponse.

Il a accepté sans trop de difficulté de les rencontrer et discuter de leur proposition. Par un matin d'avril, Elias s'envole donc pour Paris. Il est accueilli par Antoine, qu'il avait déjà vu plusieurs fois à la Biennale de Venise. Antoine est un grand gaillard qui porte mal le costume, comme si l'habit le déguisait et n'arrivait pas à tomber juste. Ca lui fait une démarche dégingandée, et ses jambes arquées ressemblent aux pattes arrières d'un chat obèse. On sent bien à le voir que le casque de chantier lui convient mieux. Il a prévu pour Elias un tour des réalisations parisiennes du cabinet, lui montre les maquettes des projets sur lesquels il travaille avec ses collaborateurs en ce moment, lui présente son associé George Swabb qu'il ne connait pas encore. Les discussions sont passionnées, les remarques d'Elias enthousiasment les deux associés. A la fin de la journée qui se clôture au Jules Verne, il semble de l'extérieur que ces trois-là travaillent ensemble depuis longtemps.

***

Aymen m'a recontacté à mon retour de voyage. Comme je dors toujours dans la voiture de ma mère, c'est dans son appartement que nous nous sommes donné rendez-vous. L'habitude de se cacher ne disparaît pas si vite, j'ai frappé deux coups discrets à la porte suivi d'un troisième espacé. Notre code.

La première chose que j'ai vu en entrant, ce sont mes carnets de croquis d'avant, sur la table de son salon. Toutes ses courbes que j'ai toujours tracées machinalement lorsque j'étais au téléphone, en train de réfléchir ou avant de me mettre à travailler. Ce rituel qui ne m'a jamais quitté depuis mes études. Il y avait plein de feuilles, des bouts de papier, des blocs note d'hôtel de pleins de pays où nous avons été balader nos amours clandestines. Il avait tout conservé. On se regarde et les premiers mots sont difficiles à dire. Une vraie gêne, quoi dire de conventionnel quand on a été tellement intimes ?
- Tu prends un thé ?
- Volontiers.
Je l'entends dans la cuisine faire chauffer l'eau, puis il revient, s'assied en face de moi, et

commence à parler comme on se jette d'un coup d'un plongeoir de dix mètres.

- Elias, je sais que ça n'excuse rien de ce que j'ai écrit, mais Daniel est venu trouver Lounis Wallid, le rédacteur en chef du journal, et devant toute la rédaction nous a donné les détails de la transaction du Skyline. Devant tout le monde mon rédac chef m'a demandé d'écrire et de faire paraître l'article le lendemain, et surtout ce qu'il ne fait jamais de lui faire relire avant parution. Je ne pense pas qu'il savait par rapport à nous, je crois juste qu'il voulait sortir un gros dossier et il a remanié tout le texte. Je n'ai rien pu dire. Je t'avoue aussi que j'étais en colère de notre rupture, mais ça n'est pas pour cela que j'ai voulu me venger. J'étais d'ailleurs plutôt dévasté qu'en colère, ou peut-être les deux en même temps. J'ai été lâche, j'aurais dû refuser d'écrire et de laisser remanier le texte. Je te promets que ça n'était pas une vengeance.

- Je t'ai fait vivre un enfer pendant quinze ans. Je me suis affiché au bras d'autres pour brouiller les pistes, par peur que tout le monde devine et que je subisse l'opprobre. Je suis allé tellement loin dans cette logique, je t'ai fait tellement souffrir. Tu m'as demandé tellement de fois d'arrêter, juste d'être discrets mais d'arrêter la comédie de l'homme à femmes. C'est moi qui suis désolé de ces années de souffrance. Lina m'a sermonné tellement de fois, même elle je ne l'ai pas écoutée. Elle me disait que j'étais lâche et que je me conduisais mal avec toi au nom des apparences. Elle avait raison.

***

J'ai tellement murmuré ton nom, juste pour moi, juste pour entendre son écho, comme un talisman porte bonheur, que le prononcer face à toi a un goût d'irréel. Ta silhouette se découpe dans la clarté de la fenêtre. Par réflexe tu fermes les rideaux de la chambre et en un instant nous nous retrouvons protégés du regard des autres. Avec une lenteur infinie, tu te retournes, tu t'approches de moi, tes yeux vert pâle accrochés aux miens. Je ne respire plus, je n'ose pas bouger de peur de troubler la magie du moment. Aymen. Une vague de panique m'envahit, je ne vais plus savoir comment m'y prendre, comme une langue dont j'aurais soudain oublié les mots, la grammaire, la syntaxe. Comment toucher ton corps qui m'est devenu étranger ? Tu continues à glisser vers moi, tellement lentement que je ne te vois pas bouger. Je sens ta respiration, tu te penches, ta main effleure la mienne et je me sens parcouru d'une onde qui part du point de contact, remonte à mes épaules et irradie tout mon corps. Ton visage est tout près du mien. Tu viens chercher ma bouche. Nos lèvres s'ouvrent l'une sous l'autre et ta chaleur m'envahit. Mes pensées se suspendent, je suis incapable de faire autre chose que goûter avidement la douceur de ta langue. Je pense fort : ne t'arrête pas. Et tu ne t'arrêtes pas. La barrière de nos vêtements me devient insupportable. Alors que mon impatience grossit, tu entreprends de me dénuder avec lenteur bouton après bouton sans me lâcher des lèvres. Je te laisse faire, je n'arrive pas à croire que c'est réel et la tension grandit encore au creux de moi. Tu m'effleures doucement, comme si tu caressais la plus fine des étoffes. Mes mains osent se tendre vers toi et te palpent avec timidité, je pars en reconnaissance de ce corps dont je connais les courbes par cœur. Mes mains se souviennent et me guident. L'odeur de ton cou et ton parfum me troublent. Je sens tes muscles tressaillir, j'accompagne tes ondulations. Tu t'immobilises un instant lorsque je te prends dans ma main et ma retenue s'évapore. Je t'arrache ton tee-shirt, d'un mouvement ton pantalon vole et échoue à terre. Je caresse ton désir, tu me plaques contre toi, nos corps s'arriment, se reconnaissent et entament une danse joyeuse et impatiente.

J'ai prononcé ton nom à voix basse, je crois. Il sortait de moi comme une supplique étonnée et nos expirations tremblantes rythmaient le temps saccadé, suspendu à nos souffles. C'était comme revenir à la maison.
Lorsque tu t'es retiré de mon corps, j'ai senti le vide que tu avais laissé toutes ces années.

A l'aube j'ai retiré le drap pour te contempler en entier. Ta peau brune découverte frissonne sous la brise matinale, ton visage lissé de repos s'agite de micro mouvements. Je savoure mon bonheur de te cueillir assoupi. J'aime tellement te regarder dormir, c'est là que je te vois tel que tu es, sincère et fragile. Je me rapproche de ton torse ensommeillé et je laisse ma main effleurer les sillons blancs qu'une cicatrice d'enfance t'a laissé sous le sein droit. Ma bouche sur ta peau trace un chemin de petits baisers qui me conduit jusqu'à ton ventre. Tu soupires, tu t'étires, tu esquisses un sourire les yeux clos. La lueur matinale s'infiltre par les persiennes, un rayon de soleil vient danser sur ton torse. Tes mains à l'aveugle me cherchent, caressent mes cheveux et m'indiquent le rythme. Bientôt tu m'attires à toi, nos corps s'emboitent, suivant ce parcours si souvent emprunté et qui semble nouveau ce matin. La tendresse fait place à la passion. Je ne ferai plus semblant d'être un autre, je ne ferai plus semblant de faire croire que je suis avec quelqu'un d'autre.

***

Dans ma vie que je remets en ordre, j'ai fini par décider de faire publiquement mon coming out. Cette annonce-là, je ne la fais pas pour moi, pas uniquement. Plus nombreux nous serons à dire, à ne plus nous cacher, plus ce sera facile pour d'autres d'avoir une vie différente. C'est vrai que les mentalités libanaises évoluent légèrement chez les plus jeunes. Mais pour l'immense majorité, c'est loin d'être le cas, l'homosexualité est honnie. Je n'ai jamais pu, osé, eu le cran de le dire à ma mère, c'est quelque chose avec lequel je devrai vivre. J'aurai toute ma vie le doute de la hiérarchie de gravité qu'elle aurait considérée entre avoir un fils homosexuel ou qu'il ait participé à son expropriation. Je crois, mais je me trompe peut-être que tout son amour n'aurait pas suffi et que ce serait devenu le drame et la honte de sa vie qui aurait supplanté largement le premier.

Nous avons eu il y a deux semaines une grande discussion avec Taline, Antonella et Lina. J'avais besoin d'entendre leur opinion. La révélation de mon homosexualité n'a pas surpris Taline, de cela je m'en doutais. Cela n'a pas été un sujet ni pour elle, ni pour Antonella. Lina, bien sûr connait mon secret depuis notre rencontre, puisque lorsque nous nous sommes connus il y a tellement d'années maintenant, lorsqu'elle m'a sorti des décombres, j'étais dans une boite gay underground. Elle connait tout de mon histoire chaotique avec Aymen, elle m'a aidé à maintenir une couverture socialement acceptable quand l'article 534 du code pénal pouvait jusqu'en 2018 à tout moment nous jeter en prison. Seulement même aujourd'hui sans ce maudit article, nos vies restent de seconde zone.

Alors j'ai eu besoin de considérer et mesurer les risques avec elles. Avec Aymen elles sont les personnes dont l'opinion compte le plus pour moi. Lina était absolument contre. « Tu n'as pas besoin d'un deuxième scandale qui t'expose une fois de plus, tu as besoin d'aller de l'avant, tu as besoin de reconstruire ta carrière et quitter ce pays où tout est difficile. Ne gâche pas pour tout ça avec un combat trop grand pour toi. Profite d'avoir retrouvé Aymen, restez discrets. ». Lina et Taline étaient d'un avis contraire. Pour elles, utiliser ma notoriété au service de ce sujet, en faire quelque chose, c'était important. Qu'on ne fait rien bouger sans prendre de risques, sans s'exposer. Elles m'ont dit que pour que cela ait de l'impact, que ça ne soit pas évacué comme un sujet individuel, il fallait en faire un acte politique, le scénariser, et idéalement être plusieurs personnalités à signer une déclaration commune. Ainsi m'ont-elles dit, tu te protèges malgré tout un peu en t'exposant et tu auras plus d'impact. « Ils ne vont quand même pas discréditer tout un groupe de personnalités en même temps, c'est impossible » a ajouté Taline.

***

Nous avons mis quelques semaines à organiser le manifeste qui est paru simultanément dans l'Orient-Le-Jour, sur les réseaux sociaux, et qui a été repris par de nombreux quotidiens. Cinquante signataires, cinquante personnalités d'horizons différents, artistes, sportifs, businessmen et même deux hommes politiques. Antonella et Taline sont décidément très fortes pour créer le buzz. Depuis les interviews se sont succédées, les lettres de menaces aussi, quelques-unes d'encouragement. Le débat est lancé au moins, déjà on en parle, c'est le début de l'évolution des consciences.

C'est le début de l'été. Je vais retrouver Aymen. Nous allons voir ensemble le premier stand up de Taline. Après des mois de préparation, avec l'aide de Lina notamment, elle a trouvé où se produire. Les extraits qu'elle nous a joué sont décapants. Drôlissime, sans concession, mordants. La salle qui l'accueille, comme d'autres stand upper garde les portables à l'entrée, interdiction de filmer pour leur propre protection, et pour que leur parole puisse être libre.
Nous avons rendez-vous à 19 heures devant le TrainStation pour dîner ensemble, puis Lina et Antonella nous rejoindrons directement au spectacle. Je suis en avance, j'ai passé ma journée à attendre ce moment, Antonella a fini par me proposer de regarder un film ensemble pour que je pense à autre chose, on a chanté ensemble sur « Mamma Mia ». Je gare la moto vers l'entrée, j'ai le cœur qui bat. C'est notre

deuxième rendez-vous dans cette nouvelle vie au grand jour que nous nous accordons. Je vais lui dire que j'ai refusé la proposition à Paris. Ma place est ici, c'est ce que j'ai choisi. Je ne comprends pas par quel miracle, mais malgré tout le mal que nous nous sommes faits, il y a quelque chose qui malgré tout s'est préservé. J'ébouriffe mes cheveux, je range le casque. Je passe un rapide coup de fil à Lina pour lui dire que je suis arrivé, pour lui dire que j'ai peur et que je suis impatient tout à la fois. Elle me souhaite bonne chance, elle me dit qu'elle me retrouve un peu avant le spectacle. Je m'apprête à envoyer un petit émoticône à Taline de deux doigts croisés. J'ai les yeux baissés sur mon téléphone quand le gars me bouscule. Je lève les yeux.

Il me dit : Elias Elkhouby ?
J'acquiesce spontanément, je n'ai plus d'hésitation maintenant que je réhabite ma vie. Face à moi un homme déjà âgé.

Un bruit explose dans mes oreilles et l'instant d'après mon regard est au niveau du sol, je sens nettement les gravillons sous ma joue. Je distingue devant moi le chemin pavé, les chaussures du gars, le bas de sa djellaba blanche et l'ourlet devant un peu défait. L'écran bleuté de mon téléphone l'éclaire un peu avant de s'éteindre. Comme dans un mirage par un jour de grande chaleur, ma vision périphérique se floute, je vois comme un *halo. Je n'ai pas la force de lever le visage vers lui. J'entends comme au ralenti un « crève sale inverti » suivi d'un autre coup de feu et mon nom prononcé comme si l'impact avait créé une onde qui modifiait et atténuait le son. Je ressens aux vibrations du sol plus que j'entends les pas de l'homme qui s'éloignent. Et puis alors que mon regard ne voit plus que des points de couleur, des tâches qui dansent et flottent, je reconnais la voix d'Aymen, qui crie de le laisser passer. Je mets toute l'énergie qui me reste à tendre la main vers l'endroit où je perçois sa voix. Je voudrais parler mais je crois que ma gorge a été touchée, il me reste juste ma faculté de penser. Ma dernière pensée est pour lui.*

FIN

REMERCIEMENTS

Merci à Georges, Sacha et Carine pour leurs informations précieuses sur la vie à Beyrouth

Merci à Zoé, Elvina, Claire, Rachida, Lise et Delphine pour leurs relectures et conseils.

Merci à Pierre pour son soutien.

Merci à Rodéric pour sa relecture avisée.

Crédit illustration première de couverture : œuvre de Jordane Saget

© 2025 B.C. Germain
Édition : BoD · Books on Demand, 31 avenue Saint-Rémy, 57600 Forbach, bod@bod.fr
Impression : Libri Plureos GmbH, Friedensallee 273, 22763 Hamburg (Allemagne)
ISBN: 978-2-3225-3946-8
Dépôt légal : Janvier 2025